Berthold Auerbach, Otto Roquette

Auf Wache - Novelle

Berthold Auerbach, Otto Roquette

Auf Wache - Novelle

ISBN/EAN: 9783744684019

Hergestellt in Europa, USA, Kanada, Australien, Japan

Cover: Foto ©Andreas Hilbeck / pixelio.de

Weitere Bücher finden Sie auf **www.hansebooks.com**

LANGE'S
SERIES OF MODERN GERMAN CLASSICS.
EDITED By F. STORR, B. A.; A. A. MACDONELL, M. A.; F. LANGE, PH. D.

III.

Auf Wache. ·

Novelle

von

Berthold Auerbach.

Der gefrorene Kuß.

Novelle

von

Otto Roquette.

EDITED

WITH LITERARY INTRODUCTION AND NOTES,

By

A. A. MACDONELL, M. A. (OXON.), PH. D.

Taylorian Teacher, Oxford University.

CONTENTS.

LITERARY INTRODUCTION.

In Berthold Auerbach, who died on February 8, 1882, modern German literature lost one of its veteran as well as most fertile and popular writers. His literary activity extended over a period of nearly half a century and the number of books he wrote is astounding even for that length of time. He was born on Feb. 28, 1812, at Nordstetten, a village in the Black Forest. The son of Jewish parents, he spent the years of his childhood in his native village amid the companionship of ten brothers and sisters. Abandoning the study of Jewish theology, to which he had devoted himself for some years at Hechingen and Karlsruhe, he betook himself when eighteen to Stuttgart and entered the gymnasium or public school of that town. After the conclusion of his school course, he proceeded to the university of Tübingen, and applied himself first to the study of law and then under David Strauss to philosophical studies, which he continued at Munich under Schelling and at Heidelberg under Daub. At the latter university he also attended the lectures of the eminent historian Schlosser, who exercised considerable influence on him. Becoming involved in the movement

of the so-called '𝔅𝔲𝔯𝔰𝔠𝔥𝔢𝔫𝔰𝔠𝔥𝔞𝔣𝔱' (Liberal Students' associa-
tion), he was imprisoned for several months in the
fortress of Hohenasperg, the Bastille of Würtemberg. After
1838 he took up his abode in various places, in Frankfort, Breslau, Dresden, but spent the latter part of his life
in Berlin. He died at Cannes, where he had gone two
months previously to recruit his failing health, only three
weeks before his 70th birthday, which was to have been
celebrated throughout Germany.

However Auerbach's works may otherwise differ, they
have the common characteristic of a desire to work for
enlightenment, true religiousness, and humanity, and of
the deepest sympathy with the poor and the oppressed,
whether the oppression arise from the state, or the
church, or social conditions.

His first work „das Judenthum und die neueste Litteratur"
was intended to draw attention to the great services ren-
dered to literature by Jews. This was followed in 1837
by his first important novel 'Spinoza', which presents in
the life of the great philosopher (whose complete works
Auerbach translated in 1841) the conflict of reason and
enlightenment with superstition and inveterate tradition.
Here we see Spinoza not only as an eminent philosopher,
but also as a national champion, destined to free the
Jewish race from the intellectual thraldom of orthodox
theology, as the precursor in fact of Moses Mendelssohn,
the noble prototype of Lessing's Nathan the Wise. In this
work the philosophical bias of Auerbach's genius was fully
revealed. It was however not long before the creative
side of his genius bore fruit in a class of literature of
which he is the founder and with which his fame is chiefly
connected. In his „Dorfgeschichten" or village tales Auerbach

has described the peasant life of his native Black Forest with a freshness of observation, a keenness of humour, and an occasional depth of pathos rarely found combined in literature. The masterpiece among these is „Die Frau Profefforin" describing the troubles and mental conflicts of a simple village maiden brought into contact with high life by her marriage . with a famous artist. The result is tragic, and all the more so, as Auerbach makes neither hero nor heroine die, but allows them to linger on in parted sorrow. A dramatised version of this fine tale from the pen of Madame Birch-Pfeiffer caused great trouble to Auerbach, who vainly tried to oppose the infringement of his rights.

In others of the village tales a more humourous tone prevails and the practical wisdom of the people is frequently set forth with the most amusing touches. In one of them, „Barfüßele", there is an address of a mother to her son leaving home for the first time, of which Polonius himself need not have been ashamed.

The superiority of the popular over the philosophic phase of Auerbach's genius is strikingly illustrated in one of his large novels „Auf der Höhe" (1865) in which the two appear side by side. A thoughtful king, the still more profoundly intellectual lady of his Platonic love, and other courtiers represent various modifications of Spinoza's philosophy, while a peasant woman introduced into the king's family in the humble capacity of wet-nurse, embodies the sound instincts and practical humour of the people.

Other novels of great length „Das Landhaus am Rhein" and „Waldfried", or the history of a German family, belong to a still later period. In these Auerbach's talent begins to flag, though in no case was the sustained development

of a plot one of his strong points. He excelled in miniature painting, while a large canvas always seemed to
perplex him.

More interesting than these long novels are a series
of tales, written soon after the war between Prussia and
Austria and intended to heal the discord of North and
South by the expression of the love of the great fatherland common to all Germans.

It would lead too far to enumerate the titles of all Auerbach's novels and miscellaneous writings; those which are
likely to live have already been named.

Though Auerbach devoted so much of his time to
literature, he nevertheless took a lively interest in his
surroundings. He was a keen politician of moderately
liberal opinions, an excellent talker, a warm and sincere
friend, and the most genial of companions. He had a
good deal of the peculiar wit of his race, which found
its artistic culmination in another great Jewish writer,
Heine. But combined with this he possessed what Heine
lacked, the genial kindness of the South German nature,
and his wit, though pointed, was free from venom. He
consequently left a large number of friends and his death
is said to have caused great sorrow in the family of the
Crown Prince of Germany as it did in all circles of society.

„Auf Wache" is one of three short tales published together by Auerbach a few years ago in a pocket edition
volume under the title of „Die drei Töchter". The hero
of the story, a generous young officer named Hauenstein,
of noble family but without money, is introduced to the
reader at a ball given by the governor of the fortress in
which the lieutenant is garrisoned. He attracts general

attention no less by his manly beauty than by the un-
mistakable preference shown for him by the governor's
daughter. There is evidently a tacit understanding between
the young people, but the father looks on his daughter's
partiality with marked disfavour. Early next morning one
of the prisoners entreats the lieutenant, who is on duty,
by all that he holds dear, to grant him a few hours' leave
to take a last farewell of his wife, who is dying in a neigh-
bouring village. The young officer is moved with compassion
and taking on himself the consequences of so grave a
breach of discipline, allows the man to go on his bare
word of honour — for there is no time to obtain leave
from the governor. The prisoner returns, though some
time after the appointed hour. The lieutenant has in the
mean time to report himself, is disgraced, and punished
with confinement in a fortress for a long period. He
at length redeems his tarnished honour by his gallantry
in the Danish war. The governor's daughter meanwhile
remains faithful to her lover, her devotion overcomes her
father's obduracy, and the young couple are at last hap-
pily united after all their troubles.

Auf Wache.

ON GUARD.

Erftes Kapitel.

„Auf wann werden die Wagen beftellt?" wurde der Diener in Gala gefragt, der den Kutfchenfchlag öffnete.

„Auf* ein Uhr," lautete die Antwort.

5 Unterdes gingen die Frauen, in Mäntel* gehüllt, das blumengefchmückte Haupt freitragend oder mit einem leichten Schleier überworfen, mit den atlasbefchuhten* Füßchen über den Teppich, der weit hinaus über die Straße gelegt war.

Der Feftungsgouverneur, General von Kronwächter, gab 10 heute den erften Ball, und der erfte Ball der Saifon hat immer etwas frifch Belebendes wie der erfte Frühlingsregen; die Gefichter find noch frifch und die Toiletten auch.

Die Stirnfeite* des ernften, großen Gouvernementsgebäudes war hell erleuchtet*, auf* der Straße brannten Pechfackeln; 15 zwei Polizeidiener hielten die Gaffenden auseinander, damit die Gäfte ungeftört durch das offene Thor eintreten konnten, vor welchem zwei Grenadiere Wache hielten, die je* nach Rang des Ankommenden Gewehr in Arm* nahmen oder prä= fentierten*.

20 ⌣ Wagen auf Wagen rollte heran; auch viele Fußgänger erfchienen, faft ausfchließlich in Uniform. In dem weiten Treppenhaufe* gaben die jungen Offiziere ihren Burfchen* die Mäntel ab und beftellten fie zur feftgefetzten Stunde. Man

stieg die teppichbelegte*, blumenbestellte breite Treppe hinan;
droben vor den großen Spiegeln wurde die Gewandung* noch
einmal gemustert, und dann schritt man in strammer* Haltung,
den Helm unter dem linken Arm tragend, voran. Die Flügel=
5 thüren öffneten sich, man trat ein. ⌣

  . Im ersten Gemach, wo sich rechts und links die hell er=
leuchteten Gemächer aufthaten, stand der Gouverneur, ein hoch=
gebauter*, stattlicher Mann, mit vollem*, grauem, kurzgehaltenem
Haupthaar und blondem Barte. Auf seiner Brust flimmerten
10 zahlreiche hohe Orden*; er begrüßte die Gäste überaus freund=
lich. Jeder einzelne mochte* glauben, er ganz besonders sei
eingeladen und er ganz besonders oder fast allein sei will=
kommen; ja* manchmal schien es, als ob der alte Herr höch=
lichst überrascht sei von dem Glück, diesen oder jenen Mann,
15 diese oder jene Frau bei sich zu begrüßen. Indes gab es doch
Unterschiede, bald wurde nur die eine Hand gereicht, manch=
mal wurde die dargebotene zwischen beide Hände genommen,
ein bedeutsamer Blick, ein rasches Kopfnicken war vielsagend.
Der sonst gestrenge Herr war immer in leutseliger und ge=
20 hobener* Stimmung, wenn er Gesellschaft gab, und die über=
mäßige Freundlichkeit war durchaus nicht Schein oder Täuschung;
daneben hatte er das Gefühl, die höchste Person zu repräsentieren,
und demgemäß die Verpflichtung, gnadenreich zu sein. Auch
hatte er, wie viele ältere Offiziere, große Ähnlichkeit mit dem
25 regierenden Fürsten, und er hob diese Ähnlichkeit noch her=
vor durch genau nachgeahmte Barttracht*.

  Neben dem Gouverneur stand seine einzige Tochter Ga=
briele, und sie grüßte mit ebensoviel Anstand als Würde, was
bei ihrer Jugend um so bemerkenswerter erschien.
30 ⋁ Hätten die Griechen des Altertums die Soldatentochter
gekannt, sie hätten einen Typus dafür geschaffen; denn es gibt
eine Besonderheit der Soldatentochter, die nicht so leicht zu

bezeichnen ist. Sie besteht nicht nur in strammer Haltung und leichter Beweglichkeit, auch eine gewisse Sicherheit in Ausdruck und Benehmen, eine Formenfestigkeit*, die doch wieder etwas von läßlicher* Kameradschaftlichkeit und selbstverständ= 5 licher* Zugehörigkeit hat, alles das erscheint dem Mann im Bürgerkleide* neu und eigentümlich. Offenbar beruhen diese Besonderheiten in der sozialen Sicherheit und Bestimmtheit, sich in einem begrenzten und nach Rangstufen geordneten Kreise zu bewegen, in einem Stande, der wie kein anderer sich 10 schon äußerlich erkennbar in gegliederter* Ordnung. darstellt. Dazu hatte Gabriele nun bereits den dritten Winter, seitdem sie aus dem Fräuleinstift* zurückgekehrt war, die Ehren des Hauses zu vertreten. Das blonde Köpfchen mit den blonden Locken, den blauen Augen, feinen Lippen und dem wie* sorg= 15 sam gemeißelten Antlitze ruhte auf einem in schöner Form ausgeprägten Halse* und Nacken; sie trug keinerlei Schmuck, sie war einfach weiß gekleidet mit einer roten Schärpe, und die Gestalt bewegte sich geschmeidig* und fein.

„Gnädiges* Fräulein, habe ich den Vorzug, für einen Tanz 20 bemerkt* zu sein?" fragte ein junger Leutnant mit braunem Haupthaar und glänzenden braunen Augen.

„Allerdings. Wollen Sie den Namen einzeichnen? Kotillon, wenn's Ihnen recht ist."

Nur ein leiser Augenaufschlag* des jungen Mannes schien 25 zu erwidern, wie bedachtsam diese Hin=* und Widerrede ge= stellt war. Er schrieb seinen Namen, einfach „Hauenstein", denn daß er Premier=Leutnant* war, wußte man ja eben so gut, wie* daß er Baron von Hauenstein war.

Hauenstein zog sich zurück, ein Freudenstrahl war über 30 sein jugendlich* helles Antlitz gegangen, der aber bald wieder einem nachdenklichen Ernst wich. Er hörte hier und dort da= von sprechen, wie sehr zu bedauern sei, daß dies wohl* auf

2

lange Zeit der letzte Ball sei, den die anmutige Tochter des
Gouverneurs schmücke; denn es war ja* bestimmt, daß sie
als Hofdame bei der regierenden Fürstin eintreten sollte, deren
erste Palastdame, Gräfin Truben, die Schwester ihrer ver-
5 storbenen Mutter war.

Der Tanz begann, der Saal mit den fröhlichen geschmückten
Menschen bot einen schönen Anblick. Es war ein Gemach aus
der guten Renaissance-Zeit mit wohlgegliederten Stukatur-
arbeiten* und einem farbenfrischen* Deckengemälde mytholo-
10 gischen Inhaltes; denn das Gouvernementsgebäude war eine
ehemalige fürstliche Residenz.

Die Musikbande saß hinter einem mit Epheu übersponnenen*
Gitter in einem Nebengemach; man sah nicht, wie die Mu-
sikanten sich abmühten, man vernahm nur die lustigen Tanz-
15 weisen.

Hauenstein ging an den bekanntesten Schönheiten vorüber,
die gleichsam ein Bienenschwarm von Bewerbern umgab, ohne
weiter sein Glück zu versuchen. Er steckte die Tanzkarte in
die Brusttasche, er hatte sich ja weiter nichts mehr zu merken.
20 Er ging in den Sälen umher und blieb da und dort vor
einem Gemälde, einer Statuette oder einem andern Kunstwerke
stehen. Endlich setzte er sich in den runden Saal und blätterte*
in einem vor ihm liegenden Album.

„So müßig?" wurde er angesprochen. Er stand behend
25 auf und begrüßte entsprechend seinen Major, indem er erklärte,
daß ihm heute eigentlich gar nicht tanzlustig* zu Muthe sei.

„Ach* ja. Kann* mir's denken," erwiderte der Major.
„Hab's auch heute in der Zeitung gelesen. Es ist doch peinlich, grausam. Es war freilich ein hartgesottener* Revolutionär,
30 aber bei* alledem hatte er doch eine gewisse Noblesse, etwas
Distinguiertes. Wissen Sie nicht, ob er noch Eltern oder Ge-
schwister hat?

„Nur eine Schwester, aber soviel ich weiß, lebt sie in Frankreich."

„Hat er Ihnen das selbst erzählt?"

„Ja."

5 „Er wollte wohl auch nach Frankreich?"

„Davon hat er mir nichts gesagt, und ich habe nie nach Dingen gefragt, die er mir nicht selbst mitteilte."

Der Major legte die Hand auf die Schulter Hauensteins und sagte: „Es ist nicht gut, oder es ist eigentlich gut, daß 10 es außer* der Linie liegt, sich um die Gefangenen zu be= kümmern und irgend eine Beziehung mit ihnen einzugehen. Der wachhabende* Offizier ist nur zur Unterstützung des Gefangen= wärters da. Wir haben nicht daran zu denken, welches Ma= terial in den Gebäuden aufbewahrt wird, ob Munition oder 15 lebendige Menschen. Und nun — kommen Sie mit ins Rauch= zimmer, es gibt dort Sekt*."

Die beiden gingen ein Stockwerk höher, und da droben war ein ganz anderes Leben. Im Billardzimmer, wo eifrig gespielt wurde, saßen Gruppen, teils an den Wänden entlang, 20 teils an runden Tischen. Es wurde geraucht und getrunken, und der Major lud* Hauenstein ein, sich mit ihm an einen Tisch zu setzen, wo bereits mehrere Offiziere saßen, darunter auch der Oberst seines Regiments. Man sprach von Avan= cements*, von Versetzungen*, von den neuen Schießübungen 25 und wer dazu kommandiert* sei, und zwischen* hinein auch von Liebesabenteuern.

Da rief ein Offizier:

„Ah, Hauenstein! Sie kannten ja* den Polen, von dem heut in den Zeitungen* steht. Ich erinnere mich, daß Sie 30 einmal von ihm erzählten . . ."

„Der Herr Major kannte ihn auch."

2*

„Aber Sie haben ihn ja ausgeliefert*," drängte der erste
wieder.

„So?" rief der Oberst. „Wie war es? Erzählen Sie,
und recht ausführlich."

5   Hauenstein begann:

„Sie wissen, daß der Mann — er war erst einund=
zwanzig Jahre alt — sich bei der Revolution in der Haupt=
stadt beteiligt hatte und deshalb zur Festungshaft verurteilt
wurde. Er hatte eine ungewöhnlich schöne Stimme, aber er
10 sang in der ersten Zeit nur in der Nacht, als ihm noch* kein
Licht verstattet war. Es wurde ihm gestattet auf* eine Ver=
wendung, die ich nicht kenne."

„Ja," fiel der Major ein, „ich erhielt den Auftrag, und
ich kam damals mit dem Gefangenen in Beziehung. Aber
15 bitte, erzählen Sie weiter."

„Es war ihm gewährt," fuhr er dann fort, „militärische*
Fachwerke zu studieren, und als ich eines Tags auf Wache
war, kam ich mit ihm in ein Gespräch und fand einen hoch=
gebildeten, schwärmerischen, aber leider in fixe Ideen* ver=
20 rannten jungen Mann. Ich gab natürlich sehr bald die Ver=
suche auf, ihn zu bekehren; denn das war weder meines Amtes,
noch war ich dessen fähig. Er gestand mir offen, daß er sich
in der Einsamkeit zum* Heerführer ausbilden wolle; denn er
sei entschlossen, wenn das, was er Freiheit nannte, ihn wieder
25 rufe, sich an die Spitze des revolutionären Heeres zu stellen.
Ich ersuchte ihn, davon nicht zu sprechen, und er bat in liebens=
würdiger Weise um Entschuldigung. Ich verschaffte ihm noch
Musikalien*, nachdem ich zuvor angefragt hatte. Er las gerne
Noten* in Partituren. Ein Instrument, um welches er vielfach
30 petitioniert hatte, wurde ihm nicht gewährt, aber die Musik
als ein gemeinsames neutrales Gebiet bot uns viele anmutige
Beziehungen und Debatten, denn er behauptete, die Deutschen

und die Italiener seien nicht zum Staatsleben geeignet, weil
sie vorherrschend musikalisch seien."

„Seltsam!" warf der Oberst ein, „aber bitte, fahren Sie
fort. Er interessirt mich sehr."

5 Hauenstein fuhr fort:

„Und so bildete sich allmählich im Laufe dieser Jahre ein
freundliches Verhältnis zwischen uns, so daß mir der junge
Mann in überschwänglichen Ausdrücken versicherte, wie viel
er mir danke, und gelobte*, in der ersten Stunde, wenn er
10 seine Freiheit wieder erlangt habe, mich zu besuchen. Ich er=
widerte nichts darauf, gab aber den Auftrag, daß, wenn er
sich anmelden ließe, man ihm sagen solle, ich sei nicht zu
Hause. Der junge Mann machte sich nun in den letzten sechs
Wochen Striche an die Mauer und löschte jeden Tag einen
15 aus; jeder ausgelöschte Strich brachte ihm den Zeitpunkt näher,
wo sein Kerker sich ihm öffnen sollte. Ich hatte die Wache
auf der Citadelle, als der junge Pole um acht Uhr ent=
lassen werden sollte. Da kam früh vor Tag der Polizei=
direktor unserer Stadt, mit ihm zwei fremde Männer. Er
20 übergab mir einen Befehl aus dem Ministerium, daß ich den
jungen Gefangenen den beiden Männern ausliefern sollte. Ich
wußte nicht, was es zu bedeuten habe, aber ich muß sagen,
es war eine bittere Aufgabe. Ich führte indessen die beiden
Männer zu ihm in die Zelle. Als der Pole ihrer ansichtig
25 wurde, rief er mit herzdurchbohrender* Stimme: Das sind
meine Henker! Und daß gerade Sie mich ihnen ausliefern
müssen! Aber es trifft Sie kein Vorwurf. Verzeihen Sie
mir. — Ich wandte mich ab, und die beiden Männer gingen
hinterdrein, während zwei Soldaten hüben* und drüben mit
30 geladenem Gewehr den Gefangenen in der Mitte führten.
Er wandte den Blick nicht mehr und . . ."

Hauenstein hielt inne und atmete schwer; er fühlte, daß

er sich nicht in der militärisch knappen Weise gehalten, die auch auf einem Balle und in gesellschaftlicher* Anregung dem* Vorgesetzten gegenüber nicht vergessen werden darf. Er fuhr daher fort:

5   „Das weitere haben Sie in der heutigen Zeitung gelesen. Als der junge Mann über die russische Grenze gebracht wurde, wollte er entfliehen und wurde niedergehauen."

„Es ist doch schad' um ihn," fuhr der Major fort, „es war, wie gesagt, eine noble Natur trotz . . ."

10   „Herr von Hauenstein," rief ein rasch hinzutretender Fähnrich, „Fräulein von Kronwächter läßt Ihnen sagen, daß der Kotillon beginnt."

Schnell erhob sich Hauenstein und ging hinab in den Saal. Er kam noch* glücklich zurecht, da eben* erst die Vorbereitungen
15 getroffen wurden.

„Warum haben Sie so lange nicht getanzt?" fragte Gabriele.

„Ich pausierte, um jetzt desto frischer zu sein," entgegnete Hauenstein mit gesammelter Kraft und führte mit Gabriele den Kotillon aus. Es war offenbar, daß scherzhafte und an=
20 mutige Touren* von den beiden genau verabredet waren. Ältere Damen, die längs den Wänden auf einer Erhöhung in Lehnstühlen saßen, sprachen miteinander und waren einig, daß Hauenstein eine besondere Gunst zu teil* geworden; er war allerdings aus guter Familie, aber blutarm*, Gabriele
25 scheine ihn zu bevorzugen, es wäre aber überaus lächerlich, wenn er sich einbildete, dieses Kind dereinst heimzuführen, weil der Gouverneur gestatte, daß er mit ihr vierhändig* spiele. Die eine der Frauen, in deren stark ausgeprägtem Antlitz die ehemalige Schönheit und die jetzige Herrschsucht unverkennbar
30 waren, sagte mit einem Lächeln, das zu weitergehenden gesprächsamen* Verunglimpfungen herausforderte: „Es wird sich für Fräulein Gabriele sehr zweckentsprechend erweisen, eine

Zeitlang am Hofe zu leben, um sich subordinieren* zu lernen. Denn es ist für ein so junges Kind sehr gefährlich, seinen eignen Willen ohne Widerspruch in einem so großen Hause durchzuführen, und Gabriele hat von Natur ihr gehöriges* Teil
5 Willensstärke, die vielleicht an Eigensinn grenzt."

Es erwiderte ihr niemand.

Die jungen Leute fragten* inzwischen beide nichts nach der Zukunft, sie schienen glückselig in der Gegenwart; aber in einer Pause fragte Gabriele doch: „Mir scheint, es liegt heute
10 eine untilgbare Schwermut in Ihrem Gesicht. Können Sie mir nicht sagen, was Sie bedrückt?"

„Hier nicht, jetzt nicht! Aber so viel kann ich Ihnen sagen, es betrifft nicht mich persönlich."

„Nun denn, so schlagen* Sie es sich aus dem Sinn."
15 Es schien dem jungen Mann zu gelingen.

Die älteren Herren aus den Spielsälen und aus den Rauch= zimmern waren herbeigekommen, um die sinnreichen, neuen Überraschungen mit anzusehen, und alle stimmten überein, daß heute eine Sammlung auserlesener Schönheiten auf dem
20 Balle zu sehen war, aber eine der anmutigsten war* und blieb doch Gabriele.

Hauenstein hatte als letzter Tänzer die Gunst, Gabriele zu Tische* zu führen. Wie durch einen Zauber waren nach dem letzten Tanze im Saale und in den Nebengemächern die Tafeln auf=
25 gestellt. Hauenstein saß neben Gabriele. Sie entschuldigte* sich auf einen Augenblick, legte ihren großen Blumenstrauß auf den Stuhl und sagte: „Ich muß als Wirtin doch auch noch nachsehen, ob alles in Ordnung ist." Sie ging, und Hauen= stein starrte nachdenklich auf den leeren Platz und auf den
30 großen Blumenstrauß. Gabriele kam zurück und sagte:

„Sie haben wieder die Schwermutsmiene.* Können Sie mir nicht sagen, was Sie bedrückt?"

„Es paßt* nicht hier herein. Wir sind so fröhlich, daß
man gar nicht glauben mag, es gebe irgend* Trauriges auf
der Welt. Und warum sollen wir es herein bannen*? Ich
bedarf überdies aller Energie. Ich muß morgen früh sechs
5 Uhr auf die Citadelle auf Wache* ziehen.“

„Ist das so beschwerlich?“

„Das nicht.“

„Also bedrückt Sie etwas anderes. Sagen Sie mir
geradezu: kann ich vielleicht etwas zur Aufhellung Ihrer trüben
10 Stimmung beitragen? Kann ich helfen, dann bitte, erzählen
Sie, wo* nicht, so vergessen Sie es jetzt und erzählen es
mir ein andermal.“

„Sie können nichts helfen. Ich kann Ihnen nichts sagen.
Doch, Sie haben recht. Fort mit aller Trauer! Das Leben
15 ist so schön. Stoßen wir an* auf die Hoffnung, daß wir das
Leben immer so schön finden mögen wie jetzt.“

Die beiden stießen an. —.

Der Ball war zu Ende. Während man die Mäntel
umthat, sagte eines* zum andern, daß selten ein so schöner
20 Abend gewesen sei, und bei dem Danke, den man dem Gouver=
neur und seiner Tochter aussprach, wurde das noch im Tone
der Wahrhaftigkeit hervorgehoben. Es erregte viel Heiterkeit,
da Gabriele einmal erwiderte, sie fühle auch, daß es selten
so schön gewesen sei, wie heute.

25 Als Hauenstein sich verabschiedete, wurde kein Wort mehr
zwischen ihm und Gabriele gewechselt. Er legte nur, indem
er sich wandte, die Hand auf eine Maiblume, die in seiner
Uniform steckte.* Sie hatte dieselbe aus ihrem Strauße
genommen und ihm gegeben.

30 Auf der Straße riefen Kameraden:

„Hauenstein! Komm mit, wir gehen nach dem Kasino*. Nor=
beck hat drei Bullen* Sekt in einer Wette verloren. Komm mit*!“

Hauenstein entschuldigte sich, er sei* müde und müsse morgen* auf Wache. Einige Kameraden riefen ihm noch nach: „Wir kommen morgen Abend zu Dir* zu einer Whistpartie.* Sorge für eine Punschbowle*."

5 ## Zweites Kapitel.

Es war ein naßkalter Herbstmorgen, als Hauenstein mit seiner Kompagnie den Berg hinan marschierte, denn die Citadelle lag auf einem Berge inmitten der Stadt. Die Mauerwerke und Kasematten* ließen nicht erkennen, wie groß die Hochebene 10 und welche Gebäude auf derselben errichtet waren. Eine beträchtliche Anzahl Gefangener* war hier eingeschlossen, nur wenige wegen Duell*, denn das Jahr, in dem diese kleine Geschichte sich ereignete, war das Jahr* 1850; die meisten waren wegen politischer Vergehen verurteilt. Man überblickte 15 von hier aus die ganze Stadt mit ihrem Häusergewirre*, die vorgeschobenen* Befestigungen und darüber* hinaus die Dörfer der Umgegend.

Hauenstein löste seinen Kameraden mit seiner Kompagnie ab, ließ* sich die Liste der Gefangenen geben und starrte lange 20 auf einen Namen, der durchstrichen war, aber den Kopf zurückwerfend, sagte er vor sich hin: „Der Major hat recht, wir haben nicht nach dem Material zu fragen, ob Munition oder Menschenleben zu bewachen sind."

Hauenstein war müde und legte sich, nachdem er die 25 Wache visitiert hatte, auf die Pritsche.*

Kaum aber hatte er sich niedergelegt, als der Gefängnis= wärter vor ihm stand und um* Beistand bat.

Was gibt's? Ist ein Gefangener durchgebrochen*?"

„O nein. Ich weiß mir nur nicht* mehr zu helfen und
habe dem Gefangenen versprochen, Sie zu ihm zu bringen."

„Ich habe nichts mit ihm zu thun."

„Das habe ich auch gesagt, aber der Mann thut* sich ein
5 Leid an, wenn wir ihn nicht beruhigen, und sein Schicksal ist
so traurig."

„Wer ist es?"

„Nummer fünf."

Hauenstein sah nach, es war ein ehemaliger Advokaten=
10 schreiber* aus einem benachbarten Dorfe. Hauenstein ging
zu* dem Manne in die Zelle.

„Herr Leutnant," rief da ein Mann grauen Bartes und
herben Antlitzes, „ich werde wahnsinnig oder ich sterbe, wenn
Sie mir nicht helfen."

15   „Was ist, was* gibt's?"

„Ich habe einen Brief, meine Frau liegt* im Sterben.
Sie ruft mit letzter Kraft ständig* nach mir. Herr Leutenant!
Bei dem Letzten, was mir verblieben ist, bei dem Heiligsten,
bei der Achtung vor mir selbst und vor der Wahrheit schwöre
20 ich Ihnen: ich bin bis zehn Uhr wieder hier; lassen Sie mich
heraus, lassen Sie mich meiner schwergeprüften Frau den
letzten Trost bringen!"

„Sie wissen, was mir bevorsteht, wenn ich Sie entlasse."

„Ich weiß es! Und darum gelobe ich Ihnen, ich will
25 schuld sein an dem Schwersten auf der Welt — und das
Schwerste ist, daß Sie keinen Glauben mehr haben sollen an*
irgend einen Menschen auf der Welt — ich will nicht schuld
daran sein, und wenn ich zusammenbreche. Und darum be=
schwöre ich Sie, lassen Sie mich auf wenige Stunden frei, ich
30 bin zur gesetzten* Minute wieder da. Herr Leutnant, Sie
sind mein Herr, aber Sie sind auch Sohn! Sie haben einen
Vater, Sie haben eine Mutter. Dort steigt der Rauch auf —

da drüben, Sie können ihn sehen. Könnten Sie auch den Jammerschrei hören, den eine Sterbende dort ausruft, eine liebende Gattin! Möge dereinst, wenn Sie eine liebende Gattin Ihr eigen nennen, sich Ihnen das* tausendfach vergelten! 5 Wenn Sie am Altar stehen, wird ein unsichtbarer Segen auf Sie herniedersinken. Und denken Sie jetzt an nichts anderes, als daß Sie ein Herz haben. Ich beschwöre Sie, eine Ster= bende ruft mit mir."

„Ich will dem Commandanten sofort Bericht* erstatten."

10 „Das würde zu spät. — O, Herr Leutnant, Sie fühlen meine grausame Lage, haben Sie den Mut, an einen Menschen zu glauben, Ihr Glaube soll gerechtfertigt werden. Ein Ver= zweifelnder ruft, eine Sterbende ruft mit ihm. Lassen Sie mich auf wenige Stunden frei!"

15 „Gut, es sei*! Vergeuden Sie keine weitere Kraft mit Reden. Geben Sie mir Ihre Hand."

„Hier, meine Hand. Jedes Wort, das ich nun noch schwören würde, wäre eine Sünde. Meine Hand sagt Ihnen alles, und nun bitte, keine Minute mehr, jede Minute kann die letzte 20 sein!"

Der Mann wurde entlassen, und Hauenstein kehrte in die Wachtstube zurück. Er überlegte das Geschehene nicht mehr lange; er war Soldat genug, um über einen gethanen Schritt nicht zu grübeln. Er hatte im momentanen Impulse gehandelt, 25 die Thatsache ist vollbracht, jedes fernere Bedenken überflüssig.

Die Stunden vergingen langsam. Es schlug zehn Uhr.

„Ist der Mann auf Nummer fünf bereits wieder da?"

„Nein."

„Geh hinaus und sieh, ob er nicht des Weges* herankommt. 30 Komm aber sofort wieder."

Die Ordonnanz ging hinaus, kam aber sofort wieder und meldete, daß man nichts sehe.

„So * geh' nun wieder hinaus und schau' Dich um, ich komme bald nach *."

Hauenstein ging auf die Zugbrücke. Man konnte ringsum ins Land hinein schauen, er hatte seinen Tubus *, allein er
5 sah nichts. — Aber doch jetzt, jetzt sieht er etwas! Da kommt der Oberst auf seinem Schimmel herangeritten * und hinter ihm drein die Ordonnanz. Der Sturm wehte in das heiße Antlitz des jungen Mannes, und er sagte sich: jetzt ist's um * dich geschehen.

Der Oberst kommt näher und immer näher, er hält auf
10 der Brücke und fragt:

„Warum sind Sie hier?"

„Herr Oberst, ich habe einen Fehl begangen, einen schweren."

Mit kurzen Worten berichtete Hauenstein, was er gethan hatte.

„Wie kommen Sie dazu, einen so schweren Fehl zu be=
15 gehen? Sie wissen ja, was darauf * steht. Ich kann Sie nicht schonen. Ich habe schon gestern bemerkt, Sie sind nicht ohne Sympathie für gewisse Verbrecher. Gehen Sie voran! Hören Sie nicht? Gehen Sie voran, ich folge hinterdrein."

Hauenstein ging voran, gesenkten * Hauptes, die Soldaten
20 traten * unter Gewehr, der Oberst stieg ab, Hauenstein wurde abgelöst und ihm Stubenarrest auferlegt.

Dumpf und schwer saß Hauenstein in Einsamkeit, und sein erster Gedanke war nicht sein eignes Leid, sondern das Gabrielens. Wie wird es ihr das Herz zerreißen. Aber es muß
25 getragen werden! Welch eine unendliche Kluft liegt zwischen heut und gestern! Und wie ist es nur * möglich, daß der Mann, der so beweglich * gesprochen, so treulos sein kann. O freilich die Menschen, die die Staatsgewalt umstürzen wollen, denen * kein Eid heilig, die dem Großen * und Ganzen nicht Treu'
30 und Glauben halten, wie sollten sie das dem Einzelnen? Und der Mann hat gesagt: Ich will die Schuld auf mich nehmen, daß Sie keinem Menschen mehr glauben sollen. Lächerlich;

das kann er leicht tragen . . . Mit der Bitternis legte sich auf
die Brust des jungen Mannes auch Reue und Schuldbewußt=
sein. Und plötzlich rief er laut: Du bist auch ein Revolutionär,
du hast das Gesetz gebeugt und gebrochen, weil du dich dazu
5 berechtigt glaubtest. Du hast am Fels der Ordnung gerüttelt,
nun rollt er zermalmend auf dich nieder. Und das wird nun
durch die ganze Garnison von Mund zu Mund gehen, und
das Beste, was sie sagen werden, wird heißen: Schade um
Hauenstein, daß er kassiert wird. Er war ein guter Soldat
10 und hatte alle Anwartschaft, in den Generalstab* zu kommen.
Aber freilich, er hat es* im Innern mit den Revolutionären
gehalten.

Drittes Kapitel.

Zur selben Stunde war im Hause des Gouverneurs eine
15 fröhliche Stimmung; denn der Morgen nach einem wohlgelungenen
Feste hat immer eine besondere Lust, und bei* der zahlreichen
und wohlgeübten Dienerschaft merkte man in den Wohnräumen
nichts von der Festlichkeit der vergangenen Nacht.

Das Frühstückszimmer war behaglich und bekundete den
20 Schönheitssinn der Tochter des Hauses. Im Kamin* brannte
ein offenes helles Feuer, und auf dem Tische standen in zwei
mattgrünen Vasen von venetianischem Glas aufgelöste Blumen=
sträuße von gestern.

Als der Vater eingetreten war und Gabriele herzlich be=
25 grüßt hatte, sagte sie:

„Es muß Dich doch auch recht glücklich machen, wie schön
und harmonisch der Abend verlaufen ist. Ich glaube den
Menschen, die uns sagten, daß sie glückliche Stunden verlebt
haben. Aber, warum siehst Du so finster* drein?"

„Ich meine, Du hätteſt mir doch ſagen müſſen, daß Du
den Kotillon mit dem Leutnant Hauenſtein tanzeſt*. Es war
mir* auffällig, und wie mir ſcheint, auch vielen anderen.
Warum haſt Du das gethan?"

5   „Warum? Er iſt der beſte Tänzer der Garniſon, und Du
hältſt ja auch viel auf* ihn. Du haſt mir oft erzählt, wie*
ein guter Kamerad ſein Vater geweſen ſei."

„Ja, das iſt alles ganz ſchön und nichts Ungebührliches*
dabei, aber, wie geſagt, es iſt auffällig."

10   „Auffällig?"

„Ja. Du biſt mein gutes und kluges Kind, und ich bin
kein Thrannenvater.* Ich will Dir nur ſagen: Du trittſt
jetzt in die große Welt, und es wäre mir ſchmerzlich, wenn
Du Dich in etwas einließeſt,* das Du nachher vielleicht
15 bereuen müßteſt. Ich wünſche, daß kein Gedanke von Dir
vorher einem andern zugewendet* war, vielmehr ſollſt Du
Deine ganze, volle Seele dem zubringen, dem Du einſt an=
gehören wirſt. Alſo um Deiner ſelbſt willen wünſche ich, daß
Du, bevor* Du die Welt kennen gelernt und die Welt Dich
20 kennt, niemand eine Hoffnung machſt. Unter dieſem niemand,
mein Kind — gib* acht — unter dieſem niemand verſtehe
ich auch Dich ſelbſt. Nicht wahr, Du begreifſt das?"

Gabriele nickte ſtumm, der Gouverneur drängte auch zu*
keiner Antwort. Er wußte, wie treu ſein Kind jede Mahnung
25 aufnahm.

Der Diener brachte auf einem Brette mehrere Briefe. Der
Gouverneur nahm einen heraus und ſagte:

„Der iſt von der Tante Truben, er iſt für Dich, Gabriele."

Er übergab ihr den Brief, Gabriele erbrach ihn und las,
30 während der Vater die an ihn gerichteten ſchnell durchſah. Er
legte die Briefe zurück und fragte:

„Was ſchreibt die Tante? Sage mir nur die Hauptſache*."

„Sie schreibt," entgegnete Gabriele, „die Fürstin hat sehr viel Wohlgefallen* an Deiner Photographie gefunden, sie findet Dich Deiner seligen* Mutter sehr ähnlich. Sie wünscht nur* noch einen Brief von Dir zu lesen, um auch eine Photo-
5 graphie Deines Innern zu haben. Ich besitze aber keinen, den ich ihr zeigen kann. Schreibe mir also einen ostensiblen* Brief, der ganz an mich gerichtet ist, aber nichts enthält, was für die Fürstin unnötig ist."

„Was soll ich schreiben?" fragte Gabriele.
10 „Schildere den gestrigen Ball. Gib Dich nur ganz un-befangen*. Das ist immer das beste."

Während der Gouverneur sich eine Zigarre anzündete, wurde der Oberst gemeldet.

Gabriele entfernte sich rasch. Der Oberst trat ein und
15 berichtete das Geschehene.

„Unbegreiflich! Die Sache liegt ja gar nicht in seiner* Kompetenz!" rief der Gouverneur. Auch der Oberst fand die Sache so auffällig als traurig. Er entfernte sich indes wiederum bald, und der Gouverneur befahl*, daß man sein
20 Pferd sattele.

Der Gouverneur besann sich nicht lange, ob er Gabrielen* Mitteilung machen solle. Er ließ sie rufen und sagte:

„Der Oberleutnant* von Hauenstein hat die Dienst-ordnung in flagrantester Weise verletzt. Er kommt vor ein
25 Kriegsgericht." Er hielt inne. Gabriele wankte nicht, sie fragte mit fester Stimme:

„Was hat er gethan?"

Der Gouverneur berichtete kurz und fügte hinzu:

„Er wird zum Tode verurteilt, aber er wird nicht er-
30 schossen."

„Also das hatte er vor*, und darum war er so traurig!" rief sie, „und wie konnte er sagen, daß ich nichts helfen kann?

Ich konnte ihn hindern, er mußte mir's mitteilen. Wie konnte
er nur* unser Leben so zerstören, so mutwillig, so* um nichts?"

Der Gouverneur wollte sagen: Ich fürchte, meine Mahnung
kommt bereits zu spät, aber er unterdrückte es und sagte nur:
5 „Es ist gut, Gabriele, daß ich allein das von Dir höre,
und ich hoffe, daß auch ich nichts mehr der* Art von
Dir hören muß. Beruhige Dich mit dem Gedanken, daß Du
noch* zur rechten Zeit vor einer Verirrung bewahrt wurdest."

„Aber, Du hattest ihn ja auch lieb, schätztest ihn ja auch."

10 „Ich leugne das nicht, aber jetzt ist er verloren. Schade!
Es ist nur ein Glück, daß sein Vater das nicht mehr erlebt.
O, die Welt, die Welt, die Jugend!"

Der Gouverneur ritt selbst nach der Citadelle. Als er
den Berg hinanritt, sah er einen Mann keuchend und die
15 Hände erhebend ihm nachkommen.* Er hielt an, und der
Mann verstörten Antlitzes rief:

„O, welch* ein Glück, daß ich Sie treffe!"

Es war der Entlassene. Er erzählte, daß Hauenstein
ihm die Freiheit gegeben, daß er versprochen hatte, wieder zu
20 kommen, bevor die Ronde* eintreffe, daß er es aber nicht
habe halten können, denn als er heimkam, lag seine Frau in
tiefem Schlummer, sie hatte seit drei Tagen kein Auge ge=
schlossen, sondern* stets nach ihm gerufen; da saß er nun an
ihrem Bette, Stunde auf Stunde verrann, er wollte* davon,
25 sein Wort einlösen, aber er konnte nicht davon. Die Kranke
erwachte und starb in seinen Armen. Er bat dringend, daß man es
dem Leutnant nicht möge entgelten* lassen, wenn er auf*
eine Stunde das Herz unter der Uniform habe sprechen lassen.

Der Gouverneur sagte nur:

30 „Es ist gut. Melden Sie sich wieder."

Er kehrte um und überlegte, ob er Gabriele mitteilen
solle, daß der Mann sich freiwillig gestellt habe. Teilte* er

Gabriele das mit, so * war es wie ein Einverständnis. Darum ist es besser, sie leidet, dann reißt sie ihn in ihrem Leide ganz aus ihrer Seele; eine Strafe wird Hauenstein doch bekommen müssen, und er ist Zeit * seines Lebens verdächtig.

5 Der Gouverneur ritt heim und fragte nach seiner Tochter. Es hieß *, sie sei ausgefahren. Wohin? Das Dorf ward genannt, in welchem die Familie des Advokatenschreibers wohnte. Das Pferd war noch gesattelt, der Gouverneur ritt seiner Tochter nach und traf sie im Trauerhause bei der Tochter des 10 Gefangenen. Gabriele kam ihm entgegen und rief:

„Der Mann hat Wort gehalten, und unser Freund wird frei."

Der Gouverneur setzte sich zu * Gabriele in den Wagen und sagte:

„Wie konntest Du als meine Tochter Dich so weit ver= 15 gessen, hierher zu gehen?"

„O, Vater, gerade weil ich das Glück habe, daß Du mein Vater, gerade weil wir in geschützten Verhältnissen erwachsen und leben, darum haben wir die Pflicht, die Verirrten zu stützen und zu leiten."

20 Der Gouverneur sah staunend auf sein Kind, es schien an diesem einen Tage zum freieren Leben gereift.

Gabriele schloß sich zu Hause in ihr Zimmer ein und schrieb den ganzen Tag und fast die ganze Nacht.

* * *

Es war am * Abend. Im fürstlichen Schlosse saß man 25 beim * Thee.

Die Fürstin sagte:

„Liebe Gräfin Truben, haben Sie noch keinen Brief von Ihrer Nichte?"

„Allerdings."

30 Sie überreichte den Brief Gabrielens, und die Fürstin sagte: „Der ist sehr groß. Wollen Sie ihn nicht vorlesen?"

Und die Gräfin las den beweglichen* Brief ihrer Nichte von dem Tode des jungen Polen und der Rückkehr des Advokatenschreibers, und ohne Absicht stand dabei Hauenstein in vollem* Glanze. Tief erschütternd war die Familie und das
5 Haus und jener herbe Moment geschildert*, da der Gefangene sich von der Leiche losriß. Eine Briefstelle* aber mußte zweimal gelesen werden. Sie lautete: „Ich habe in eine ganz fremde Welt hineingesehen. Das sind Menschen von einer anderen Religion, sie nennen sie politische Freiheit, und sind
10 zu jedem Martyrium* bereit. Ist da nicht Liebe und Duldung auch* geboten? Sie haben den festen Glauben an ihre Religion. Wie ich neben dem Mädchen stand, dessen Vater im Gefängnisse ist, während die Mutter tot — o, da rief ich: ja von Gott begnadigt ist, wer auf dem Throne sitzend hier
15 verzeihen und Gnade spenden kann . . . .‟

Wenige Tage darauf wurde der Advokatenschreiber begnadigt; er wanderte mit seiner Tochter aus.

Hauenstein mußte eine längere Festungshaft* abbüßen, es gelang ihm erst bei der Erstürmung der Düppeler* Schanzen
20 die volle Soldatenehre mit Ruhm zugleich wieder zu erringen.

Die Treue der Liebenden bewährte sich siegreich über alle Hindernisse und Widersprüche.

In dem Briefe des Ausgewanderten zur Hochzeit hieß es:

Sie hat an Ihnen und mir viel Gutes und Schönes ge-
25 than; ihr wird der Segen sein, noch viel Gutes und Schönes durch ein langes Leben zu vollführen.

Der gefrorene Kuss.

(Aus „Westermann's Illustrierte deutsche Monatshefte.")

Novelle

von

Otto Roquette.

LITERARY INTRODUCTION.

Otto Roquette was born on April 19, 1824 at Kroto-
schin in the Prussian province of Posen, close to the
Silesian frontier. His father, who was a Prussian official,
being frequently transferred from one town to another,
thought it advisable to send the boy, in order that the
frequent changes might not be prejudicial to his education,
to live with his grandfather at Frankfort on the Oder.
After finishing his school course here, he studied at Berlin,
Heidelberg, and Halle, devoting himself chiefly to philosophy, history, and modern languages. In 1853 he ob-
tained an appointment at an educational institution in
Dresden, where he remained for three years. He then
went to Berlin, to undertake the teaching of te History
at the military academy. Finding his position, however, at
a purely military establishment, uncongenial, he soon gave
it up, but continued to live at Berlin, hence-forward giving
himself up entirely to literature. In 1869 he was appointed a Professor of German Literature and History in
the Technical School of Darmstadt which post he still holds.

Roquette is known chiefly as the author of epics and novels, but he is also a lyric and dramatic poet of merit.

One of his earliest works was a collection of lyrics published in 1852 under the title of „Liederbuch". These poems, though perhaps of no great depth, are full of youthful freshness and enthusiasm. In them Roquette shows a keen sense of the beauties of nature as well as a healthy hatred of all that is base and hypocritical. His love-songs are perhaps the best, combining as they do vigour of treatment with delicacy of feeling.

Of several plays written by the poet and produced on the stage, only a few have been published. The best among these, „Die Protestanten in Salzburg" and „Das Reich der Träume", though full of imagination, are deficient in dramatic interest.

The most popular of Roquette's epics, „Waldmeisters Brautfahrt: ein Rhein-, Wein- und Wandermärchen", published in 1859, ran through no fewer than 27 editions in seven years. Its chief merit is the rollicking fun which pervades the poem and carries the reader along so irresistibly that he is apt to overlook some of the blemishes it contains.

Among his subsequent narrative poems, none call for special mention except the comparatively short „Doktordiplom" which overflows with humour of no mean order.

Roquette's two first prose works, being among his earliest literary efforts, are distinguished by no special merits. It was not till 1858 that the book appeared on which his reputation as a novelist mainly rests. It is the eventful life of a painter „Heinrich Falk", who is the central figure of a numerous group of characters belonging to the most various ages and professions. These are skilfully and clearly drawn, but the children's portraits are I think, the most lifelike of all. The plot, which is well invented, naturally evolves itself from the characters who play a part in it, and amid its many incidents, its unity is maintained throughout. The interest of the book is moreover heightened by the freshness and humour of the style.

This work was followed in the succeeding year by a collection of tales (Erzählungen), none of which, however, equals Heinrich Falk either in inventiveness of plot or elaboration of detail. A marked improvement on these stories, was a later collection entitled „Neue Erzählungen", which are particularly successful in their descriptions of German life. „Tize von Brixen" especially strikes the reader with its originality and richness of humour and „Susanna" with its keen observation and intimate knowledge of human nature.

Besides these Roquette has written several tales and novels, chiefly descriptive of domestic life and of a humourous character.

The present tale, „Der gefrorene Kuß" is quite a recent publication, having appeared in „Westermann's Illustrierte deutsche Monatshefte" for March 1884.

It is an interesting story founded on an incident recorded by Goethe as having occurred to himself at Weimar, at that time the centre of literary activity in Germany.

On a cold morning in the winter of 1803, the attention of the poet, as he was walking through an exhibition of pictures, was arrested by something hard on the glazing of a beautiful female head copied from an original by Leonardo da Vinci. This substance on inspection turned out to be the frozen impress of human lips. Starting from this historical occurrence in the life of the great poet, the narrative goes on to show how the interest aroused in Goethe at length leads to the discovery of the sympathetic perpetrator of the frozen kiss and how it is connected with his ultimate fate. The course of the plot introduces the reader to the cultured life of Weimar at the most glorious epoch of German literature, when Schiller and Goethe held undisputed sway in the world of letters.

An einem kalten Novembermorgen des Jahres 1803 schritten drei Männer durch die kleine Kunstausstellung, welche die „Weimarischen Kunstfreunde"* alljährlich zu veranstalten pflegten. Es war eine eisige Luft in den Räumen, da der
5 Aufwärter nur eben die Vorbereitungen zum Einheizen* traf, daher denn* die drei frühen Besucher, bekannt mit der Temperatur, die sie in dieser Stunde hier finden würden, sich wohl vorgesehen hatten. In seinen* Mantel eingehüllt, machte* Hofrat* Meyer, der Direktor der Zeichenschule, den Führer
10 und gleichsam den Wirt im Hause, um den beiden anderen nur erst eine Überschau des Vorhandenen* zu geben. Mit raschen Blicken und Kopfwendungen folgte der jüngste der Besucher seinen erklärenden Hinweisungen, ein junger Mann, dem die Kühle nicht gar viel anzuhaben* schien, trotzdem er
15 sich am wenigsten vor ihr geschützt hatte. Es war Heinrich Voß, der Sohn des berühmten Johann Heinrich Voß*, seit kurzem als Lehrer an dem Gymnasium* zu Weimar angestellt. Zwischen beiden aber, in den* langen Überrock eingeknöpft, die Hände auf dem Rücken, schritt Goethe majestätisch und gelassen da=
20 her, der Stifter und Beschützer der kleinen weimarischen Akademie und so auch dieser Ausstellung. Mit manchem Hm! und Hmhm! äußerte er seine Befriedigung über die Einrichtung, die der Freund getroffen, um dann vor einem weiblichen Kopfe unter Glas

und Rahmen stehen zu bleiben. „Was ist denn das? Ein Fleck?"
sagte er, indem er seine Augen dem Bilde näherte. Besorgt
fuhr Hofrat Meyer mit dem Finger über die Glasfläche, ohne
das Fremdartige* wegbringen zu können, was gerade über
5 dem Munde des lieblichen Gesichtes sich festgesetzt hatte.
Goethe hinderte ihn fortzufahren, indem er die Stelle auf=
merksam betrachtete. Alle drei standen mit vorgebeugten
Köpfen, um sich endlich in einer Annahme* über die Ursache
des Fleckes zu vereinigen, die sie in die größte Heiterkeit ver=
10 setzte.

Goethe berichtet selbst in seinen „Annalen oder Tag= und
Jahresheften" über das „anmutige Ereignis" folgendermaßen:
„Unter den Schätzen der Galerie zu Kassel verdient die
Charitas* von Leonardo da Vinci* die Aufmerksamkeit der
15 Künstler und Liebhaber im höchsten Grade. Herr Riepen=
hausen* hatte den schönen Kopf dieser Figur, in Aquarellfarben*
trefflich kopiert, zur Ausstellung eingesandt. Die süße Traurig=
keit des Mundes, das Schmachtende der Augen, die sanfte,
gleichsam bittende Neigung des Hauptes, selbst der gedämpfte
20 Farbenton* des Originalbildes waren durchaus rein und gut
nachgeahmt. Die größte Zahl derer, welche die Ausstellung
besuchten, haben diesen Kopf mit vielem Vergnügen gesehen;
ja, derselbe muß einen Kunstliebhaber im höchsten Grade an=
gezogen haben, indem wir die unverkennbaren Spuren eines
25 herzlichen Kusses von angenehmen Lippen auf dem Glase, da,
wo es den Mund bedeckt, aufgedrückt fanden. Wie liebens=
würdig aber das Faksimile eines solchen Kusses gewesen, wird
man nur erst ganz empfinden, erfährt man die Umstände,
unter welchen solches möglich geworden. Indem wir nach
30 Gewahrwerden* dieser liebevollen Teilnahme an einem vor=
züglichen Kunstwerk uns in stiller Heiterkeit den Urheber zu
entdecken bemühten, wurde folgendes erst festgesetzt. Jung

war der Küssende, das hätte man voraussetzen können, aber die auf dem Glas fixierten Züge sprechen es aus; er muß allein gewesen sein, vor vielen hätte man dergleichen* nicht ·wagen dürfen. Dies Ereignis geschah früh bei ungeheizten 5 Zimmern*: der Sehnsüchtige hauchte das kalte Glas an, drückte den Kuß in seinen eignen Hauch, der alsdann erstarrend sich konsolidierte*. Nur wenige wurden mit dieser Angelegenheit bekannt, aber es war leicht auszumachen, wer beizeiten in den ungeheizten Zimmern sich eingefunden, und da traf sich's denn 10 auch recht gut: die bis zur Gewißheit gesteigerte Vermutung blieb auf einem jungen Menschen ruhen, dessen wirklich küßliche Lippen wir Eingeweihten* nachher mehr als einmal freundlich zu begrüßen Gelegenheit hatten."

Zur Gewißheit aber sollte man an diesem Morgen noch 15 nicht kommen. Freilich machte Heinrich Voß sofort Miene, den Aufwärter, der an einem der Öfen beschäftigt war, aus= zufragen. Goethe schärfte ihm ein, behutsam zu sein oder besser den Diener nur herbeizurufen. „Heinike! Wer war heute vor uns schon in der Ausstellung?" fragte Hofrat 20 Meyer in etwas knapper* Weise, die den Aufwärter stutzig machte. Er blickte von einem zum andern, wie in Furcht, daß etwas Unrechtes geschehen sei, wofür er die Verantwortung tragen solle. „Wir wollen nur wissen," sagte Goethe be= gütigend*, „wer heute als der erste hier gewesen ist?"

25 Heinike erinnerte sich denn*, daß in dem Augenblick, da er die Räume aufgeschlossen, auch schon ein junger Herr ge= kommen, seine Abonnementskarte* vorgewiesen habe und hinein= gegangen sei. Aber er habe ihn nicht wieder hinausgehen sehen, auch könne derselbe sich nicht gar lange aufgehalten haben.

30 „Würden Sie ihn wohl* wiedererkennen?" fragte Heinrich Voß.

„Ei, ich denke!"* entgegnete Heinike. „Es war ein schlanker

hübscher Mensch und sah so beinah aus wie ein Student —
ich meine, nicht älter als so ein junger Herr."

„Nun, es ist gut!" sagte Goethe, indem er den Aufwärter
durch einen Wink verabschiedete und einem anderen Raume
5 zuschritt.

„Es soll mir nicht schwer werden," rief Heinrich Voß, „dem
leidenschaftlichen Kunstliebhaber auf die Schliche zu kommen*."

„Was Sie auch anstellen mögen, thun Sie es mit aller
Rücksicht!" schärfte Goethe ein. „Es wäre hart, wenn ein
10 vielleicht zart besaitetes* Gemüt sich von rauher Hand ertappt
fühlen müßte. Übrigens lassen Sie die Sache unter uns
bleiben*!"

Die Männer setzten ihren Gang von Bild zu Bild fort,
unter eingehenden* Kunstgesprächen zwischen Goethe und Meyer,
15 denen der junge Voß aufmerksam lauschte. So verging eine
Stunde, als verschiedene Stimmen in den anstoßenden Zimmern
das Eintreffen noch* anderer Besucher verkündeten. Goethe
wendete sich, um die Ausstellung zu verlassen, da ihn die An=
wesenheit und das Gespräch vieler Menschen durcheinander
20 in der ruhigen Kunstbetrachtung störte. Da begegnete ihm
eine Gruppe von Damen, deren eine sogleich lebhaft auf ihn
zuschritt. „Ah, Exzellenz!"* rief sie. „Ich schätze mich glücklich,
Ihnen zu begegnen, bitte zugleich meine Freiheit zu entschuldigen!
Mein Mann hat uns auf ein Bild, eine Charitas, aufmerksam
25 gemacht, die wir durchaus sehen müßten* —"

„War er heute früh schon vor uns hier?" unterbrach
Goethe die Sprecherin.

Heinrich Voß hatte Mühe, das Lachen zu unterdrücken,
denn der Gemahl der Dame war der Direktor des Gymnasiums,
30 Karl August Böttiger, ein berühmter Philologe*, den er sich
in der Rolle des Küssenden nicht ohne Humor* vorstellen
konnte.

„Keineswegs!" fuhr die Dame fort. „Aber in den letzten
Tagen hat mein Mann Herrn Hofrat Meyer hier beim* Aufstellen und Anordnen der Bilder mehrfach besucht und dabei
die hervorragendsten Gemälde schon kennen gelernt."

5 Meyer bestätigte die Thatsache durch ein Kopfnicken. Also
Freund Überall! Wie immer! dachte Goethe, der Böttiger
als Gelehrten und Schriftsteller zwar schätzte, aber mit seiner
Vielgeschäftigkeit* und zudringlichen Wichtigmacherei* oft nicht
einverstanden war.

10 „Kurzum," so redete die Dame weiter, „da soll eine
Charitas von Leonardo sein, in der er eine merkwürdige
Ähnlichkeit mit unserer Nichte Charlotte findet. Wir suchten
eben nach dem Bilde. Lottchen! Wo bist du denn? Komm
doch her! Dies ist unsere liebe Charlotte, Herr Geheimrat!*

15 Für den nächsten Winter bei uns zum Besuch und, will's
Gott, auch noch länger! Ihren Vater, den verstorbenen
Professor in Göttingen*, haben Sie gewiß gekannt." Sie
nannte den Namen eines berühmten Universitätslehrers, bei
dessen Anhören sich Goethe zustimmend verneigte. Seine

20 Blicke richteten sich auf das junge Mädchen, welches in an-
mutigem Erröten vor ihm stand, halb in Schüchternheit, halb
in Freude, den Mann kennen zu lernen, den sie als Dichter
so hoch verehrte.

„Charitas!" begann Goethe lächelnd, indem er sie be-
25 trachtete. „In der That! Kommen Sie, wir wollen doch
vergleichen!" Er schritt mit Charlotte voran, die übrigen
folgten im Zuge. Aber in der Nähe des Gemäldes angelangt,
eilte Hofrat Meyer voran, zog sein seidenes Taschentuch und
fuhr damit über das Glas. „Es ist von der Wärme etwas
30 angeschlagen*," sagte er, indem er die jetzt aufgetaute verräterische Spur tilgte.

Einige Augenblicke stand die ganze Gesellschaft in be-

trachtender Vergleichung des Bildes mit den Zügen Char=
lottens*, dann wurde das Erstaunen über die merkwürdige
Ähnlichkeit in Ausrufungen, besonders von den Lippen der
Damen, laut, während das junge Mädchen seine Verlegenheit
5 nicht verbergen konnte, von so vielen Augen gemustert zu
werden. Zugleich aber trafen sich die Blicke Goethes, Meyers
und Voß'*, und ihre Gedanken vereinigten sich in der Ver=
mutung, daß sie auf der Spur ihres Geheimnisses einen über=
raschenden Schritt weiter gelangt wären. Der sinnige Morgen=
10 besucher hatte den Kuß, den er dem Bild unter dem kalten
Glase aufgedrückt, wahrscheinlich holderen, lebendigen Lippen
zugedacht, die seiner Sehnsucht weit entrückt oder völlig un=
nahbar waren. Keiner von den drei Beobachtern sprach es
aus, aber mit einem Lächeln verstanden sie sich in der gleichen
15 Annahme.

Goethe verabschiedete sich von den Damen. „Ich lasse
Ihnen einen kundigen Führer zurück," sagte er, auf Heinrich
Voß weisend. „Er versteht sich auf* das Gute und Schöne,
er versteht auch, es gut und schön mitzuteilen." In Meyers
20 Begleitung verließ Goethe die Ausstellungsräume, die Frau
Direktorin* aber flüsterte den Damen zu, der Geheimrat habe
heute seinen besonders guten Tag.

Heinrich Voß aber blieb in der Gesellschaft der Damen,
unter welchen er sehr beliebt war. Als Sohn eines berühmten
25 Vaters, als bevorzugter Schützling Goethes, als täglicher Gast
im Hause Schillers mußte er schon genug empfohlen sein,
doch war er es auch durch sich selbst, durch seine vielver=
sprechende Begabung, seine Anspruchslosigkeit, durch seine gute
Natur und Jugend. Noch nicht lange von der Universität
30 gekommen, vierundzwanzig Jahre alt, gab er sich*, wenn immer*
in einer Stellung als Gymnasiallehrer, doch in der Gesell=
schaft jugendlich, harmlos, wie er war. Die Frau seines

Direktors hatte ein ganz mütterliches Gefühl für ihn; und er
selbst schätzte die vielfach gebildete Dame sehr, nur daß er ihre
starke Redseligkeit oft mehr eingeschränkt wünschte. Im
Böttigerschen* Hause hatte er auch Charlotte bereits kennen
5 gelernt, ein junges Mädchen, welches ihm freilich sehr gefiel,
obgleich seine kleinen Huldigungen eher abgelehnt als berück=
sichtigt wurden. Es hatte sich zwischen ihnen zwar ein Ver=
kehr des Neckens und Herausforderns gebildet, der doch von
ihrer Seite nichts weiter als ein jugendlich übermütiges Spiel
10 zu bedeuten schien. Gerade weil er der allgemeine Liebling war,
wollte sie es ihm etwas schwieriger machen, mit seiner Unwider=
stehlichkeit bei ihr durchzubringen*. Denn von dem Ausdruck „süßer
Traurigkeit," von dem „Schmachten der Augen" hatten ihre
Gesichtszüge nichts, trotz aller Ähnlichkeit mit jener Charitas Leo=
15 nardos, noch lag dergleichen in ihrem Wesen und Charakter. Sie
war, obgleich noch sehr jung, eher eine stolze Natur und nicht
ohne ablehnende Herbheit. Als Tochter eines Universitäts=
lehrers sorgfältig und in einer gewissen akademischen Vornehm=
heit* erzogen, lebte sie in mancherlei Vorurteilen, zu welchen
20 auch das gegen junge Männer gehörte, welche den Studenten kaum
abgestreift* hatten und, ohne noch etwas Bedeutendes geleistet
zu haben, schon etwas gelten wollten. Sie hatte das Trauer=
kleid um ihren verstorbenen Vater erst kürzlich abgelegt, als
sie in Dresden, wo sie inzwischen bei einer verheirateten
25 Schwester gelebt hatte, die Einladung von den Verwandten
nach Weimar empfing. Kam sie gleich* hierher aus einer
größeren* Stadt, so war das kleine Weimar, wo Goethe*,
Schiller*, Wieland*, Herder* lebten, denen so viele andere her=
vorragende Männer an die Seite traten, der geistige Mittel=
30 punkt Deutschlands, und das Eintreffen und Verweilen zahl=
reicher Besucher von Bedeutung machte die Geselligkeit groß=
städtisch lebhaft*. Charlotte fühlte sich auch ganz wohl in dem

Böttigerſchen Hauſe, in welchem es nie an Anregung * mangelte.
Der Direktor war ein gelehrter und verdienſtvoller Mann,
ſein neueſtes Werk, „Sabina oder Morgenſzenen einer reichen
Römerin", war nur eben erſchienen und hatte allgemeine Teil=
5 nahme und Beifall gefunden. Auch zur ſchönen * Litteratur
blieb er in nächſter Beziehung, da er die Monatsſchrift „Der
deutſche Merkur" *, von deſſen Redaktion ſich Wieland zurück=
gezogen und nur noch den Namen dafür hergab, allein be=
ſorgte. Wenn er mit Goethe und Schiller perſönlich nicht
10 immer auf dem beſten Fuße ſtand, was er ſich freilich ſelbſt
zuzuſchreiben hatte, ſo ſchätzte er beide doch als Dichter hoch,
und ſein Urteil, beſonders über Goethes Werke, ſprach immer
das klarſte poetiſche Verſtändnis aus. Was an litterariſchen
und perſönlichen Gegenſätzen die Männer uneinig machte, war
15 Charlotte * nicht zu Gehör gekommen, auch hätte ſie es weder
erfahren mögen noch geglaubt. Sie ſchwelgte im Leſen und
in der Unterhaltung, ſie fühlte ſich entzückt und erhoben im
Theater, welches damals durch Schillers dramatiſche Thätig=
keit * eine Blütezeit feierte, ſie war beglückt, bereits Schillers
20 perſönliche Bekanntſchaft gemacht zu haben, und fühlte ſich
heute freudig erregt durch die Aufmerkſamkeit, welche Goethe
ihr geſchenkt hatte. Heinrich Voß wäre in dieſer Stunde
ſchön angekommen *, wenn er ſie mit Neckereien herausge=
fordert hätte. Der Frau Direktorin Böttiger freilich ſchien
25 dergleichen nicht übel zu gefallen, ſie lächelte dazu immer ſo
eigen *. Der junge Mann aber war heute nicht in der Lage,
ſich mit Charlotte beſonders zu beſchäftigen, da die übrigen
Damen ihn in Anſpruch nahmen, zumal er ihnen von Goethe
geradezu als Führer und Erklärer hinterlaſſen worden war.
30   Der junge Voß fühlte die lebhafteſte Neugier, das Geheimnis
jenes gefrorenen Kuſſes zu ergründen.

Er fand ſich die nächſten Tage rechtzeitig in der Morgen=

stunde ein, ohne doch eine Spur zu entdecken, er machte sogar
die Wahrnehmung, daß Heinike vermied, ihm Rede zu stehen,
ihm aus dem Wege ging und zuletzt auf seine Frage die Achseln
zuckte und erklärte, er könne nichts sagen, er wisse gar nicht,
5 was vorgegangen, er kenne auch den Menschen nicht im geringsten.

So mußte, um nicht den Verdacht von etwas Verbrecherischem
zu erregen, das Fragen vorerst eingestellt werden. Aber es
wurmte den Forscher doch, daß er, der sein Wort für die
Entdeckung gleichsam verpfändet hatte, zu keinem Endziel ge=
10 langen sollte. Inzwischen kamen andere Tagesereignisse und
Tagespflichten, welche seine Gedanken von der Ergründung des
Geheimnisses abzogen.

Als er eines Tages die Treppe zu seiner Wohnung* hinauf=
stieg, sah er auf dem obersten Absatz* einen Brief liegen.
15 Er nahm ihn und las die Aufschrift. Sie lautete an einen
Freiherrn Franz von Rheinfelden, dessen Person und Name ihm
nicht bekannt waren. Eben bemerkte er, daß der Brief bereits
erbrochen war, als eine Thür geöffnet wurde. Ein junger
Mann trat hastig heraus und riß ihm den Fund kurzweg aus
20 der Hand mit den Worten: „Der Brief ist mein! Ich habe
ihn verloren!"

Heinrich stutzte über das unhöfliche Betragen. „Und ich
ihn gefunden!" entgegnete er in gleich knapper Weise. „Da
er nicht an mich gerichtet ist, mache ich keinen Anspruch darauf."
25 Ohne Gruß schritt er vorüber, um in sein Zimmer zu gehen.

Der andere schien seiner Unschicklichkeit inne zu werden.
„Verzeihen Sie —" begann er mit einiger Verlegenheit. „Ich
wollte den Brief auf* die Post tragen, vergaß ihn aber während
der Probe*, und beim Nachhausegehen* muß er mir aus der
30 Tasche gefallen sein. Wenn Sie die Aufschrift gelesen haben
— sie ist an einen Freund gerichtet —"

Voß verneigte sich kurz, öffnete die Thür seiner Wohnung

4

und schloß sie, ohne weiter auf ihn zu hören. Es war ein
junger Schauspieler, dessen Zimmer von dem des jungen
Philologen durch den Hausflur* getrennt lag. Voß wußte,
daß sein Gegenüber* den Namen Hartmann führte, hatte den
5 Anfänger auch wohl auf der Bühne in ganz kleinen Rollen
schon gesehen, ohne, trotz der Nachbarschaft, noch zu einer An=
näherung zu ihm gelangt zu sein. Die Bekanntschaft war
nun in ziemlich unerfreulicher Weise gemacht. Der angehende*
Gelehrte sah den angehenden Bühnenkünstler tief unter sich,
10 obgleich die Schauspieler in Weimar durch Goethe und den
Verkehr mit ihnen in seinem Hause, sowie durch Schillers Be=
ziehungen zu ihnen, eine besonders günstige Stellung einnahmen.
Das mochte immerhin sein — dieser künftige Romeo war für
Voß jedenfalls ein sehr untergeordneter Mensch, ohne Lebens=
15 art*, über welchen sich zu ärgern unter seiner Würde gewesen
wäre. Er setzte sich an eine Arbeit, bei welcher ihm der
Vorfall bald aus den Gedanken kam.

Nach Verlauf einer Stunde wurde an seine Thür gepocht,
und auf sein Herein* erschien zu seiner Verwunderung der
20 Schauspieler Hartmann. Er war im saubersten Besuchsanzuge,
mit Hut und Handschuhen, und zeigte die beste gesellschaftliche
Form, indem er begann: „Ich bitte um Verzeihung, wenn
ich störe! Da ich durch mein Betragen gegen Sie aber etwas
gut zu machen habe, beschloß ich, es so bald als möglich zu
25 thun, da wir bei* unserer Nachbarschaft einander doch täglich
begegnen müssen. Ich bitte Sie, meine thörichte Eilfertigkeit
in betreff des Briefes zu entschuldigen.“

Voß, der ihn bis dahin sitzend angehört hatte, erhob sich
jetzt erst, indem er den Gast mit einer etwas kühl herab=
30 lassenden Handbewegung einlud*, Platz zu nehmen*.

„Wenn Sie die Aufschrift des Briefes gelesen*,“ fuhr
der andere fort, „so werden Sie mich auf einer Unwahrheit

ertappt haben. Denn das Ziel des Schreibens war mit großen
Buchstaben als ‚Weimar‘ bezeichnet, ich konnte dasselbe also
nicht an einen auswärtigen Freund gerichtet haben. Überdies
müssen Sie gesehen haben, daß der Brief bereits erbrochen
5 war.“

„Ich versichere Sie,“ entgegnete Voß ablehnend, „daß mich
diese Sache nicht so weit interessiert, um darüber nachzudenken.“

„Dann gestatten Sie, daß ich mein eignes Interesse wahr=
nehme, welches mir gebietet, Sie — ein wenig zu meinem
10 Vertrauten* zu machen,“ sagte der andere in etwas eindring=
licher, aber höflicher Weise. „Ich lebe hier unter dem Theater=
namen Hartmann und richte zuerst die Bitte an Sie, denselben
ein für allemal gelten zu lassen.“

„Das kann ich versprechen, zumal ich Sie unter keinem
15 anderen Namen kenne.“ Heinrich Voß sagte das ganz auf=
richtig, da ihm noch nicht eingefallen war, daß die Aufschrift
jenes Briefes zu der Person seines Nachbars in einer Bezie=
hung stehen könne. Jetzt aber dämmerte ihm* dergleichen, und
mit verwunderten Augen sah er seinen Gast an.

20 „Daß Sie mich unter einem anderen Namen nicht kennen,“
fuhr dieser fort, „beruhigt mich einigermaßen, denn ich will
nicht verschweigen, daß es mich besorgt machte, als Sie vor
kurzem das Zimmer mir gegenüber bezogen*. Wir haben in
Jena* noch zu gleicher Zeit studiert. Blieb ich Ihnen unbekannt,
25 so habe ich Sie doch häufig an der Seite Ihres Vaters,
des Dichters der ‚Luise‘* und des Übersetzers des Homer ge=
sehen.“

„Sie haben studiert? Und in Jena?“ rief Heinrich Voß erstaunt.

„Das letzte Jahr in Jena, die vorhergehenden in Göt=
30 tingen,“ entgegnete Hartmann lächelnd und mit sichtlicher Be=
friedigung, daß Voß bisher in völliger Unkenntnis seiner Person
gewesen, worein sich auch etwas von Belustigung mischte über den

4*

Eindruck, welchen seine akademische Herkunft ausübte. In
der That betrachtete der junge Gelehrte seinen Gast jetzt mit
ganz anderen Augen, vergaß das Sonderbare ihrer ersten
Begegnung und ließ es an Höflichkeit gegen ihn nicht
5 fehlen*.

„Daß ich unter einem anderen Namen zum Theater*
gegangen bin,“ redete dieser weiter, „beruht auf Vorbedingungen,
die ich jetzt noch nicht mitteilen kann. Mein Lebenslos könnte
ein sehr ernstes, meine Lage eine höchst fragwürdige* werden,
10 wenn ich hier unter meinem Familiennamen entdeckt würde—“

„Ich gebe Ihnen mein Wort,“ unterbrach ihn Voß, „daß
Sie in diesem Sinne nichts von mir zu befürchten haben!“
Völlig versöhnt reichte er seinem Gaste die Hand dar, welche
dieser mit Freuden ergriff.

15   „Vielleicht — wenn Sie irgend welchen Wert auf die Fort=
setzung unseres Verkehrs legen sollten, bin ich einmal* im
stande, Ihnen bessere Auskunft über meine Verhältnisse zu
geben. Ja, Sie würden der erste sein, dem ich mich anver=
traute.“ Hartmann sagte dies in so bescheidener und doch
20 freundlich=offener Weise, daß Voß, innerlich davon angesprochen,
die Versicherung gab, sich die Gelegenheit einer so angenehmen
Nachbarschaft nicht entgehen zu lassen. Das Gespräch war
bald von der Veranlassung des Besuches auf andere Gebiete
übergegangen. Heinrich fand den jungen Hartmann sehr
25 unterrichtet und geistig strebsam* und, obgleich derselbe von
einem ganz verschiedenen Studienfache* herkam, auch mit den
damaligen philologischen Wandlungen* ganz vertraut. In
litterarischen Dingen aber zeigte Hartmann eine Kenntnis, die
auf Heinrich nicht geringen Eindruck machte, so daß er
30 ihm eine Überlegenheit darin zugestehen mußte. Vom Theater
wurde gar nicht gesprochen, wohl aber von sonstigen weimarischen
Angelegenheiten, in welchen Voß besser Bescheid wußte*, da

Hartmann sehr zurückgezogen lebte, was zum Teil in seiner
Stellung, zum Teil in seinem freien Willen begründet lag.

Heinrich Voß war so eingenommen von seinem Nachbar,
daß er ihm bereits am anderen Morgen einen Gegenbesuch
5 machte. Sie sahen und sprachen sich fortan täglich, sie brachten
die Stunden nach dem Theater miteinander zu; sie waren von
gleichem Alter, beiden schien es erwünscht, einen Freund ge=
funden zu haben; die fast gemeinsame Wohnung machte sie
in kurzer Zeit unzertrennlich, ohne daß sonst jemand* eine
10 Kenntnis dieses herzlichen Verkehrs der jungen Männer ge=
wann. Hartmann hatte auch eine hübsche Baritonstimme und
ein Klavier in seinem Zimmer, auf welchem er sich* seinen
Gesang selbst begleitete. Voß hörte ihm gar zu gern zu.
Seine Zuneigung für den in jeder Weise so bevorzugten Freund
15 wuchs von Tag zu Tage, ja er war verstimmt, wenn dieser
durch Proben oder untergeordnete Stücke im Theater, welche
Voß nicht sehen mochte, verhindert war, mit ihm zusammen
zu sein.

So befand er sich einmal auf einem Spaziergange, den
20 er allein antreten mußte, im Park, als er auf der anderen
Seite des breiten Weges Goethe erblickte, der ihm entgegen
kam. Den Meister in seinen Gedanken zu stören, wagte er
nicht und wollte mit einem Gruße vorübergehen. Goethe aber
blieb stehen und winkte ihn heran. Er fragte nach dem Vater
25 Voß in Jena, fragte nach der Mutter, sprach sich teilnehmend
über beide aus und ließ die Hoffnung durchblicken, die Eltern
demnächst einmal gastlich in seinem Hause aufnehmen zu
können, etwa* bei der Aufführung eines neuen Stückes von
Schiller. Plötzlich brach er ab, machte eine kurze Pause und
30 begann: „Nun? Was haben Sie denn inzwischen in betreff
jenes gefrorenen Kusses herausgebracht?"

„Bis jetzt gar nichts, Herr Geheimrat," entgegnete Heinrich.

„Ich vermute, es wird eine Unmöglichkeit sein, den geheimnis=
vollen Thäter zu entdecken."

„Meinen Sie?" sagte Goethe lächelnd. „Da war ich
doch glücklicher in meinem Nachspüren. Denn ich kenne den
5 Thäter bereits, ohne daß er davon weiß, und verkehre mit
ihm vergnüglich alle Tage."

Voß sah ihn erstaunt an. „Sie, Herr Geheimrat —?
Aber wie stellten Sie es an?"

„Ich werde mich hüten, es Ihnen zu verraten! Forschen
10 Sie selbst weiter! Der heimliche Kunstfreund ist des Ent=
deckens wert!" Goethe nickte zum Abschied und schritt seines
Weges weiter.

Er hat es also doch vor mir heraus! dachte Heinrich. Er
ist eben* ein Zauberer, dem nichts verborgen bleibt. Zugleich
15 aber fühlte der junge Mann sich angespornt, seine Untersuchungen
nochmals aufzunehmen, denn die Ausstellung dauerte noch. Er
überlegte, ob er nicht auch seinen Freund in das Geheimnis
ziehen und ihn zur Mithilfe bewegen sollte?

Das Gemüt des jungen Hartmann schien um diese Zeit
20 von sehr ernsten Regungen bewegt. Sein Leben, seine Zukunft
lag nicht so plan* und selbstverständlich vor ihm, wie Heinrich
die seine betrachten konnte. Er war von innerer Unruhe ge=
trieben, er fing an zu zweifeln, daß die Darstellungskunst auf
dem Theater, dem er nur erst seit einem halben Jahre an=
25 gehörte, ihn dauernd befriedigen könne? — Nun war es in
der Probe eines leichten Lustspiels, in welchem er einen Lieb=
haber zu geben* und seiner Spröden einen Kuß zu rauben
hatte. Plötzlich stand Goethe vor ihm, der es sich* nicht
verdrießen ließ, auch für die Einübung eines Stückes von
30 Kotzebue* seine Zeit zu opfern.

„Hartmann!" rief er. „Aber liebes Kind, wie unbeholfen
küssen Sie! Machen Sie das noch einmal, aber kecker, feuriger!"

Die Szene, die Stellung, der Kuß wurden wiederholt,
Goethe war nur noch unzufriedener. Nochmals! Und noch=
mals! Die Darstellerin, nicht mehr die Jüngste an Jahren,
konnte vor Lachen die Rolle der Spröden nicht mehr durch=
5 führen, während Hartmann sich nur noch verlegener fühlte.
Goethe ließ es denn genug sein, Hartmann trat ab und andere
Personen nahmen die Scene ein. Goethe aber wendete sich
in der Kulisse* noch einmal an den ungeübten Liebhaber
und sagte unter vier Augen*: „Sie thun dergleichen, als
10 hätten Sie bisher nur leblose Bilder unter Glas und Rahmen
geküßt. Ein Herz gefaßt*! In der Kunst wie im Leben!"
Er wendete sich und ließ den jungen Mann stehen, der
wie mit Purpur übergossen ihm nachstarrte. Sein zartestes
Geheimnis mußte entdeckt sein, gerade dasjenige, an dessen
15 Verrat er niemals gedacht hatte. Und entdeckt von dem
Manne, den er zwar nicht fürchten wollte, gegen dessen Größe
er aber eine heilige Scheu fühlte, vor dessen Blick in sein*
Inneres er zurückschreckte. Eine tiefe Beschämung überkam
ihn, wenn er bedachte, daß Goethe sich über ihn habe lustig
20 machen wollen, eine Furcht vor der Möglichkeit, daß er durch
Verlautbarung* des Geheimnisses bei seinen Genossen der
Lächerlichkeit ausgesetzt werden könnte. Goethe hatte ihm bis
dahin väterliches Wohlwollen erwiesen. In dem Gemüte des
innerlich Bedrängten tauchte der Entschluß auf, sich Goethe
25 ganz und gar zu entdecken. Aber dieser Entschluß dauerte
nur eine Minute. Andere Erwägung trat dazwischen, und so
fühlte er sich nur in einer gesteigert unbehaglichen* Gemüts=
verfassung.
Sonderbar hatte sich sein Leben gestaltet. Seine bevor=
30 zugte Lebenslage, seine akademischen Studien gaben ihm das
Anrecht und die Aussicht auf eine große Weltrolle, und seine
Wünsche stimmten damit überein. Jena sollte nur noch der

Schlußstein seiner Vorbildung sein, da die dortige philosophische
Schule aus der Entfernung eine große Anziehung auf den
geistig regsamen Jüngling ausübte. Aber kaum in Jena an=
gelangt, fühlte er eine innere Wandlung, die ihn unaufhalt=
5 sam in eine ganz fremdartige Bahn trieb. Das benachbarte *
Weimar lockte ihn häufig in das Theater, die Aufführungen
der Tragödien von Goethe und Schiller bezauberten seine
Phantasie so ganz, daß er nur noch darin lebte, daß er den
unwiderstehlichen Drang fühlte, selbst darin mitzuwirken. Aber
10 der Entschluß, zum Theater zu gehen, stieß * bei ihm selbst
doch auf Bedenken, da er sich sagen mußte, daß damit ein
Aufgeben aller seiner bisherigen Lebensvorteile verbunden war.
Früh elternlos, hatte er seine Erziehung einem alten Oheim
zu danken, der freigebig für ihn sorgte und dessen einstiger Erbe
15 er sein sollte. Der Freiherr liebte seinen Neffen väterlich,
setzte große Hoffnungen auf ihn und war in der Lage, ihm
den Lebensweg in jeder Weise zu ebnen. Da er selbst alt,
kränklich und einsam war, verstand es sich von selbst, daß der
Neffe die Ferienzeiten stets auf dem Schlosse des alten Herrn
20 in den Rheingegenden zubrachte, was nun freilich für den
jüngeren nicht sonderlich unterhaltend war. Nun hatte Franz
in den letzten Osterferien, ganz voll von poetischen und thea=
tralischen Eindrücken, einige Wochen bei dem alten Freiherrn
recht langweilig verleben müssen. Da beschloß er eines
25 Abends, ihn ein wenig über seine Ansicht vom Theater zu
sondieren. Er hatte ihm den Wilhelm Meister * vorgelesen,
ein Buch, welches gar nicht nach dem Sinne des Freiherrn
war, und knüpfte daran die Erzählung einer wahren Begeben=
heit, wie ein junger Mann von guter Familie kürzlich in Weimar
30 zum Theater gegangen und, nachdem er den anfänglich großen
Widerstand der Seinen doch endlich besiegt, seiner Laufbahn
treu geblieben sei. Der Freiherr schüttelte den Kopf: Daß

ein wohlhabender Bürgersjohn* wie Wilhelm Meister unter
das Lumpengesindel ging, war nach seiner Ansicht schon
schlimm genug; übrigens konnte man sich zufrieden geben, da
man es nur mit so einer* erfundenen Büchergeschichte zu
5 thun habe. Wenn dergleichen sich aber in Wirklichkeit ereignete,
dann dürfe man sich mit einem solchen Subjekt* überhaupt
nicht mehr befassen. Der alte Herr geriet in förmliche Auf=
regung. „Bei Gott!“ rief er, „wenn das in meinem Hause
vorkäme, ich enterbte den Schlingel! Und wenn mir das Herz
10 darüber brechen müßte, ich enterbte, ich verstieße ihn! Aber,“
fuhr er wieder gesammelt und fast lachend fort, „was rede
ich denn! Unsinn! Glücklicherweise kann dergleichen bei uns
ja nicht geschehen!“ Dieses Wort im Herzen*, langte Franz
zum Beginn des Sommersemesters* in Jena wieder an.
15 Aber der Zauber ergriff ihn von neuem, und die erste Auf=
führung von Schillers „Jungfrau von Orleans“* riß ihn so
vollständig fort, daß er beschloß, tags darauf sich bei Goethe
zu melden. Wußte er doch, daß dieser zu den personenreichen
Stücken von Shakespeare und Schiller junge Leute anwarb,
20 selbst wenn sie noch niemals gespielt hatten. Wenn sie nur
von guter Gestalt waren, hübsch aussahen und ein reines
Deutsch sprachen, waren sie willkommen. Die Ausbildung
für die Bühne brachte seine Schule und Oberaufsicht* auf
dem Theater selbst. Franz war in einer Erregung*, daß ihm
25 der Gedanke an eine Enterbung durch seinen Oheim gar nichts
mehr galt, aber freilich hätte er den Schmerz des alten Herrn
über seinen Schritt gern abgewendet. Trotzdem — einen
Versuch wollte er dennoch machen und hoffte sich vorerst ge=
borgen durch den angenommenen Namen Hartmann. Unter
30 diesem stellte er sich Goethe vor mit der Bitte, ihm die Theater=
laufbahn in Weimar zu ermöglichen. Goethe ließ ihn ein
Gedicht lesen, unterhielt sich eine Weile mit ihm und nahm

ihn unter das Theaterpersonal auf. Er hatte in den Proben
öfter* Gespräche mit ihm und zeigte dem Anfänger Wohlwollen
und häufige Berücksichtigung. — Franz aber hielt seine Namens-
änderung für eine noch nicht genügende Vorsichtsmaßregel*.

5 Er behielt seine Wohnung sowie seinen akademischen* Zusammen-
hang in Jena, ließ alle seine Briefe nach wie vor* dort eintreffen und machte sich selbst so oft als möglich nach* der
Nachbarstadt auf den Weg. Daß er von Studenten, Professoren oder anderen Bewohnern Jenas, die nicht selten das
10 Theater in Weimar besuchten, erkannt werden könnte, war
ihm nicht wahrscheinlich, da er in der Universitätsstadt wenig
Verkehr hatte und ihr Personal häufig wechselte; gleichwohl
galt es* immer noch Vorsicht, und aus einer gewissen Besorgnis war er noch nicht herausgekommen. So hatte er sich
15 seit etwa sechs Monaten in allerlei kleinen Rollen üben
dürfen, die ihn doch wenig befriedigten, als er sein Gemüt
plötzlich von einer anderen Regung gefesselt fühlte, die bald
alle seine Lebensgeister* beherrschte.

In dem Hause seinen Fenstern gegenüber wohnte der
20 Schauspieler Öls, welcher auch Zimmer zu vermieten pflegte
und dessen Frau im Erdgeschoß* ein Putzgeschäft* betrieb.
Da sie auch für den Hof arbeitete, war ihr Geschäft eines
der gesuchtesten, und man sah* die Damen der Stadt da
häufig ein- und ausgehen. Unter ihnen hatte Franz ein junges
25 Mädchen, begleitet von einer älteren* Dame, gesehen, dessen Bild
sich vom* ersten Anblick an* seinem Herzen eingeprägt hatte.
Nach ihr suchte er auf den Straßen, auf Spaziergängen, im
Theater — aber wenn er sie gefunden, wie sollte er sich ihr
nähern? Große Mühe und Behutsamkeit kostete* es ihm, nur
30 zu erfahren, wer sie sei, und als er dann endlich herausgebracht, daß sie Charlotte R. heiße, sich als Gast im Hause
des Gymnasialdirektors* Böttiger aufhalte, erkannte er zugleich

die Schwierigkeit., in ihre Kreise zu gelangen. Denn als
untergeordneter, noch ganz unbedeutender Schauspieler hatte er
kaum eine Aussicht, das Haus des gelehrten Mannes zu be=
treten, was ihm als Studenten und unter seinem eignen Namen
5 gar nicht so schwer geworden wäre. Er fing an, seinen neu=
gewählten Stand zu verwünschen, welcher jetzt einen Zuwachs
von Beunruhigung über ihn brachte. Allein es galt*, sich zu=
sammenzunehmen und unter strengster Selbstbeherrschung alle
seine Empfindungen und Sorgen in sich zu tragen. Es traf
10 sich nun, daß, als die Kunstausstellung in Weimar eröffnet
wurde, Franz bei* seiner Neigung für alles Schöne dieselbe
gleich am ersten Tage besuchte. Da erblickte er ein Gemälde,
Charitas benannt, vor welchem er sich von Überraschung und
Glück durchschauert fühlte. Es waren Charlottens Züge! Er
15 wollte allein wenigstens mit dem Abbilde der Geliebten sein
und beschloß, am anderen Morgen als erster in den geweihten
Raum einzudringen.

An diese Augenblicke erinnerte er sich, als Goethe mit so
verhängnisvoll andeutenden* Worten ihn in der Theaterprobe
20 angeredet hatte. Er mußte belauscht worden sein, da er sich
doch* in völliger Einsamkeit geglaubt, als er beim Abschied
von dem geliebten Bilde seinen Lippen eine Annäherung ge=
währte. Um Auskunft darüber zu erlangen, beschloß er, sofort
den Aufwärter der Ausstellung aufzusuchen, als den einzigen,
25 der ihn seiner Meinung nach an jenem Morgen gesehen haben
konnte.

Nun war aber inzwischen in Heinikes an sich* etwas
stupidem Kopfe durch die mancherlei Fragen über denjenigen,
welcher „es sein sollte*" oder der „es gewesen", eine seltsame
30 Verwirrung entstanden. Daß nichts eigentlich Unrechtes ge=
schehen, schien ihm dadurch deutlich, daß die Fragenden immer
nur lächelten, andererseits aber war ihm doch die strengste

Verschwiegenheit auferlegt worden, welche er wohl halten konnte, da er eigentlich nicht das Geringste zu verraten hatte. Er wußte nur, daß ein gewisser junger Mann einmal der erste in der Ausstellung gewesen; warum das nun aber etwas so
5 Absonderliches sein sollte, wußte er sich nicht zu deuten. Aber da er sich seine Person* nun genugsam eingeprägt* hatte, verfehlte er nicht, denselben bei seiner häufigen Wiederkehr zu
˜ umschleichen, und fand dann heraus, daß er seine Schritte stets nach einem bestimmten Bilde richtete und bei diesem am
10 längsten verweilte. Heinike machte daher große Augen, als dieser junge Herr in seiner Privatwohnung erschien und ihn um ein Gespräch* unter vier Augen bat.

„Vielleicht erinnern Sie sich meiner von meinen Besuchen der Kunstausstellung her*,“ begann Franz, „da ich meist sehr
15 früh kam und zuweilen mit Ihnen allein in den Räumen war.“ Da Heinike mit hoch heraufgezogenen Augenbrauen nickte, fuhr Franz fort: „Es muß mir jemand nachgespürt haben, es muß irgend eine Vermutung über mich ausgesprochen worden sein, ich möchte wissen, was man von mir gesehen haben will*.
20 Ich bitte, seien Sie aufrichtig und nehmen Sie es nicht übel, wenn ich Ihnen meinen Dank im voraus zu erkennen gebe.“ Mit diesen Worten drückte er einen Thaler in Heinikes Hand, bei dessen Besichtigung der Empfänger fast zurückschreckte. Nicht aus beleidigtem Stolz, denn seine Hand klappte* sich sofort
25 zusammen und verschwand in der Tasche, sondern aus Über- raschung, mit welcher sich ein entschiedenes Wohlwollen für seinen Gast vereinigte. Er holte schleunigst einen Stuhl herbei, wischte ihn ab und nötigte* Franz zum Sitzen. „Was können Sie mir nun sagen?“ fuhr dieser fort. „Ich bin Ihnen zu
30 jedem Gegendienst* erbötig.“

„Ach, es ist ja schon so reichlich*!“ entgegnete Heinike

angenehm berührt. „Freilich, der Herr Hofrat hat mir ver=
boten, darüber zu reden —"

„Was für ein Hofrat?"

„Ei, der Herr Hofrat Meyer, der Direktor der Zeichen=
5 schule! Und der Herr Geheimrat Goethe will auch nicht, daß
es auskommt."

„Was soll nicht auskommen?" fragte Franz gespannt.

Heinike zuckte die Achseln. „Ich weiß nichts, gar nichts! Ich
bin immer nur nach* Ihnen gefragt worden, ob Sie's wären."

10 „Hat man denn gar nicht durchblicken lassen, was ich eigentlich
hier gethan haben soll?"

„Nein, gar nicht. Aber ich sollte achtgeben, wenn Sie
kämen. Und als Sie einmal unter vielen Leuten da waren
und der Herr Hofrat auch, da holte ich ihn herbei und zeigte
15 auf Sie und sagte, Sie wären's."

„Und was sagte der Herr Hofrat?"

„Es wäre gut,"* sagte er, weiter nichts.

Und ein paar Tage drauf kam er wieder einmal mit dem
Herrn Geheimrat, wie Sie eben hinausgehen wollten, und da
20 wies der Herr Hofrat auf Sie, und es war, als ob der Herr
Geheimrat so ein bißchen verwundert lächelte."

Franz schwieg einige Augenblicke, ratlos, wie er weiter
fragen sollte. Dann begann er: „Erinnern Sie sich noch des
Morgens, da ich zuerst ganz früh kam und Sie mir den Saal
25 aufschlossen?"

„Ja freilich!" entgegnete Heinike. „Ganz genau weiß ich's
noch, weil so viel danach gefragt worden ist."

„Konnte damals schon jemand vor mir den Saal betreten
haben?"

30 „Nein, ganz unmöglich! Er hätte denn* über Nacht darin
müssen eingeschlossen gewesen sein, was aber auch nicht der
Fall war. Damals waren Sie der erste drin und ganz allein,

das kann ich beschwören, und so hab' ich's auch dem Herrn
Hofrat gesagt. Ja, und weiter hat er auch gar nichts wissen
wollen."

5 Aus Heinike war weiter nichts herauszubekommen, und
Franz mußte aus seinem Betragen annehmen, daß er wirklich
nichts weiter auszusagen habe. Um so rätselhafter wurde ihm
die Möglichkeit, daß man seine Beziehung zu dem Bilde der
Charitas beobachtet haben könne. Er empfahl* sich dann
und verließ Herrn Heinike, der ihn höflichst hinausgeleitete*.

10 Des dritten unter den drei Entdeckern des im Frost er=
starrten Kusses hatte Heinike nicht erwähnt, einmal, weil er
seinen Namen nicht wußte, dann aber, weil sein Herr Hofrat
ihm Schweigen geboten und er gegen Heinrich Voß bei dessen
lebhaften Fragen den Verdacht geschöpft hatte, als* könne der=
15 selbe etwas im Schilde führen, was dann vielleicht dem Herrn
Hofrat nicht recht* gewesen wäre. Und so erfuhr Franz nicht,
daß sein Freund selbst ihm auf der Spur gewesen und eigentlich
noch war.

Nach einigen Tagen beruhigte sich Franz und kam zu der
20 Ansicht, daß Goethe, wie er auch zu seiner Entdeckung gelangt
sein mochte, keinen Mißbrauch damit treiben werde, zumal er
sich der gütigen Art und Weise seines Wesens* mehr und
mehr zu erfreuen hatte. Hoch beglückt aber war er, als er
eines Tages eine Einladung von Goethe zu einer Abendgesell=
25 schaft empfing.

Goethes Haus war in jener Zeit sehr gesellig. An gewissen
Abenden standen die Räume offen für einen bestimmten Freundes=
kreis, an anderen versammelte sich eine geladene Gesellschaft.
Es wurde* vorgelesen, deklamiert, Musik gemacht; die Unter=
30 haltung blieb stets auf einer künstlerischen* Höhe. Franz be=
trat den Empfangsraum in weihevoller* Festſtimmung. Aber
er prallte fast zurück vor innerem Jubel, als er Charlotte im

Gespräch mit dem Hausherrn erblickte und von diesem selbst dem schönen jungen Mädchen vorgestellt wurde. Er konnte nur wenige Worte mit ihr sprechen, da ihm die Zunge in der ersten Überraschung fast den Dienst · versagte, und Charlotte
5 machte ihm das Gespräch auch nicht eben * leicht, da sie sich gegen den jungen Schauspieler nur zurückhaltend und etwas fremd * verhielt. Bald wurde sie ihm auch durch die Gesellschaft entzogen. Dafür hatte er das Glück, in die Nähe der Frau Böttiger zu gelangen, die er lebhafter unterhielt, so daß sie, an=
10 gezogen durch sein Gespräch, von ihm gut zu denken anfing und sich nicht wenig wunderte, so viel Bildung und gute Lebensart bei einem noch so jungen Angehörigen des Theaters zu finden. Er fragte auch nach ihrem Herrn * Gemahl (der heute durch ein Unwohlsein verhindert war, in der Gesellschaft zu erscheinen)
15 und sprach von dessen neuestem Werke, der „Sabina", welches ihm so viel Belehrung und Genuß geboten habe, bedauerte zugleich, daß er nicht das Glück haben könne, dem berühmten Gelehrten vorgestellt zu werden. Die Frau Direktorin wurde für den liebenswürdigen jungen Mann so eingenommen, daß
20 sie erklärte, es werde ganz von ihm selbst abhängen, die Be= kanntschaft ihres Gatten zu machen, da ihr Haus strebsamen jungen Männern stets offen stehe. Franz war der glücklichste Mensch in der ganzen Gesellschaft.

Die großen Berühmtheiten Weimars waren heute darin
25 nicht vertreten, dennoch aber um den Hausherrn bedeutende, geistreiche Männer und liebenswürdige Frauen genug versammelt und die Unterhaltung lebhaft und zwanglos. Was dazwischen deklamiert und musiziert wurde, vernahm Franz kaum, denn seine Augen waren auf Charlotte gerichtet; und obgleich er
30 den Abend über nicht wieder Gelegenheit fand, sie anzureden, glaubte er doch, sich niemals beglückender unterhalten zu haben. Als die Gesellschaft endlich aufbrach, bat Franz die Frau

Direktorin um Erlaubnis, die Damen nach Hause zu begleiten, was huldvoll gestattet wurde. An der Thür angelangt, sprach die Tante dann eine förmliche Einladung für ihn aus, ihr Haus recht bald zu besuchen.

5 Aufgeregt stürmte Franz noch* spät in seines Freundes Zimmer, den er bei der Arbeit traf, um ihm von dem ereignis= vollen Abend zu erzählen. So sehr Franz sich zu beherrschen suchte, fühlte Heinrich Voß doch heraus, daß Charlotte Ein= druck auf seinen Freund gemacht habe. „Hätte ich gewußt,“
10 sagte, er, „daß Dir* daran gelegen, mit Böttiger bekannt zu werden, so würde es mir leicht gewesen sein, Dich in sein Haus einzu= führen. Aber es ist eine bessere Empfehlung, daß man Dich bei Goethe kennen gelernt hat.“ Und im Verlauf des Gespräches, fuhr er fort: „Wenn der Direktor heut nicht in der Gesellschaft
15 war, so beruhte das wohl nicht auf Unwohlsein, sondern auf Ärger. Wären Schiller, Wieland, Herder zu erwarten gewesen, so würde er nicht gezögert haben, auch zu erscheinen, aber so in der zweiten Garnitur* mitzulaufen, erregt ihm die Galle. Er weiß immer sehr schlau herauszubringen, wer von Goethe
20 eingeladen ist und was etwa* vorgehen wird. Willst Du aber von ihm etwas erfahren und dazu in seiner Gunst leben, so kann ich Dir ein paar Regeln an die Hand geben. Zeige Dich unterrichtet über seine Werke, sage ihm Schmeichelhaftes, ·und Du darfst darin bis ins Ungeheure* gehen — aber lobe
25 in seiner Gegenwart keinen andern oder nur mit Maß! Von Wieland darfst Du einiges Gute sagen, von Herder auch* wohl, aber sei zurückhaltend in Deinem Lobe Schillers und Goethes. Hat er seine gute Stunde, so wird er selbst des Anerkennenden genug über sie sagen, hört er ihr Lob von anderen, so ärgert
30 er sich. Sonst ist er ein gescheiter Mann, von dem sich viel lernen läßt.“

Acht Tage darauf rüsteten sich die Freunde zu einer kleinen

Abendgesellschaft im Böttigerschen Hause. Denn Franz hatte sich bereits vorgestellt und war von der Frau Direktorin recht freundlich, von ihrem Gatten anfangs in etwas zurückhaltend* prüfender Weise, endlich nicht ohne Anzeichen der Befriedigung
5 aufgenommen worden. Die heutige Gesellschaft bestand aus einem Kreise von Bekannten, in welchem man das Gespräch heiter und harmlos* kommen ließ, wie es wollte. Inzwischen geriet Franz einmal mit dem Hausherrn in ein Gespräch, und dieser stutzte über die Dinge, die der junge Schauspieler zu
10 sagen wußte, nickte auch freundlich, als dieser auf die „Sabina" zu sprechen kam.

Da öffnete die Hausfrau das Klavier, denn man wollte Charlotte singen hören, welche bei dem ersten Musikmeister in Weimar Unterricht nahm. Sie weigerte sich nicht und sang
15 ein paar Lieder von Goethe in Reichardts* Komposition, welche damals mit Recht beliebt waren. Franz fühlte sich im Innersten durchrieselt* von dieser reinen, jungfräulichen Stimme. Es drängte ihn, die Sängerin, nachdem sie geendet hatte, anzusprechen, aber eine Scheu vor den Umstehenden hielt ihn zurück.
20 Gleich darauf schlug jemand den Klavierauszug* der „Zauberflöte"* auf, eines Musikwerkes, das noch neu war und für das Höchste gehalten wurde, was sich als „große Oper" ausdenken ließ, während die Melodien doch*, sangbar und süß einschmeichelnd, schnell zum Gemeingut geworden waren.
25 „Schade," so wurde gesagt, „daß nicht etwas Mehrstimmiges* aus der ‚Zauberflöte' gesungen werden kann! Da, hier gleich das entzückende Duo:* Bei Männern, welche Liebe fühlen — "

„Aber wir haben ja* einen Sänger unter uns!" rief Heinrich Voß freudig. „Hier, Freund Hartmann! Er hat
30 mir bereits aus der Zauberflöte vorgesungen*."

Die Hausfrau wendete sich sofort an Franz, ihn an das Klavier* nötigend, während Charlotte mit Erstaunen, ja gleich=

sam mit Bestürzung den Herankommenden musterte. Die
beiden jungen Leute wußten nicht, wie ihnen* geschah, als sie
plötzlich als Pamina* und Papageno* allein bei einander standen,
aber die Hausfrau, welche die Begleitung übernahm, schlug
5 bereits an*, und es galt,* wenn auch mit Herzpochen, zu
beginnen. Die Gesellschaft lauschte mit Anteil, und einige
empfanden eine gewisse Rührung, wie die beiden jugendlichen
Stimmen, anfangs noch mit Befangenheit, dann etwas zu-
versichtlicher, zusammenklangen, eine durch die andere gleichsam
10 mehr und mehr herausgelöst* und aus dem Inneren quellend.
Man spendete* Beifall und wollte nun von Franz noch etwas
hören. Charlotte hielt ein Heft* Reichardtscher Lieder in der
Hand, welches sie ihm halb und halb darbot. Er nahm es,
und sie blätterten gemeinsam, die Häupter auf die Noten*
15 niedergebückt. Franz sah mit Entzücken Charlottens blondes
Haar sich näher und näher gebracht, er glaubte ihren Atem
zu spüren. Da deutete sie auf ein Lied mit der Frage: „Singen
Sie dieses?" Er bejahte, ließ sich nicht nötigen und sang den
„Fischer"* von Goethe. Als er geendet hatte und aufblickte,
20 sah er Charlotte an der Seite des Hausherrn ihm gegenüber-
stehen, ihre Augen mit Verwunderung auf ihn gerichtet. Sie
sagte kein Wort, während die anderen es nicht fehlen ließen,
ihm mit Anerkennung zuzusprechen.

Bald darauf aber nahm ihn der Direktor in sein anstoßendes
25 Arbeitszimmer und begann: „Junger Mann, Sie lassen allerlei Kenntnisse und Talente blicken — wie sind Sie denn gerade
zum Theater gekommen?"

„Es war freie Wahl, Herr Direktor," entgegnete Franz
nicht ohne Überraschung.

30   „Es sieht aber aus, als hätten Sie eine ganz andere
Vorbildung gehabt, als so* gewöhnlich zum Theater mitgebracht wird."

„Ich habe drei Jahre in Göttingen studiert —" Franz
erschrak, als das Bekenntnis seinen Lippen entflohen war.
Von Jena aber schwieg er wohlweislich.
„Ah!" rief Herr Böttiger. „Studiert? In Göttingen!
5 Und von da zur Bühne? Das ist ja merkwürdig! Was sagen
denn Ihre Eltern dazu?"
„Ich habe seit dem zehnten Lebensjahre meine Eltern
nicht mehr," entgegnete Franz und ließ es dabei* bewenden.
„O! Früh verwaist also! Und da glaubten Sie vermut=
10 lich ein besseres Fortkommen auf dem Theater zu finden als
auf gelehrtem Wege. Eigentlich ist es schade! Meinen Sie
nicht, daß eine Rückkehr zu den Studien noch möglich wäre?
Sie können dieselben doch nur erst vor kurzem abgebrochen
haben."
15 Franz fühlte sich aus seiner steigenden Verlegenheit erlöst
durch einige Gäste, welche herankamen, um sich zu verabschie=
den, da es Zeit zum Aufbruch war. Als er selbst sich empfahl,
neigte Charlotte kaum merklich das Haupt, der Direktor aber
sagte: „Besuchen Sie mich öfter, Herr Hartmann! Bin ich
20 nicht bei der Hand, so halten Sie sich an meine Frau und
meine Nichte!"
Seit diesem Abend war Franz häufiger Gast im Böttiger=
schen Hause, soweit seine Theaterpflichten es gestatteten, und
wurde stets wohl empfangen. Freilich hatte er sich für die
25 sondierenden Fragen des Direktors ein neues Märchen über
seine Herkunft und seine Verhältnisse erfinden müssen, welches
ihn zu verschärfter Vorsicht im Verkehr zwang. Was er für
Charlotte empfand, war aber in seinen Augen zu lesen, konnte
auch sein Benehmen gegen sie nicht verhüllen. Sie sangen zu=
30 weilen gemeinsam, sie unterhielten sich auch, das junge Mädchen
aber gab* sich ihm gegenüber im Wesen immer gleich, ruhig
gemessen, jeder ernsteren Annäherung unzugänglich.

5*

Eines Abends waren Franz und sein Freund am Theetisch*
der Familie erschienen. Es hinderte das Gespräch nicht, daß
der Direktor mit einem Armvoll neuer Bücher dazukam, wie
er pflegte, um sie dabei zu durchstöbern. Man kam* auf an=
5 tike Vasengemälde zu sprechen, von da auf moderne Malerei,
auf die Kunstausstellung, die nun schon lange geschlossen war,
und endlich auf das Bild der Charitas und seine Ähnlichkeit
mit den Zügen Charlottens. Der Direktor bemerkte über sein
Buch hin, daß es in einem reichen Livländer* einen Käufer
10 gefunden, der es nach Dorpat* mitgenommen habe.

„Der* also!" rief Heinrich Voß lachend und fühlte sich
aufgelegt, die Geschichte von dem gefrorenen Kusse zu erzählen.
Brach er damit auch* sein Versprechen des Geheimhaltens,
so waren ja* darüber Monate vergangen, und es konnte nichts*
15 auf sich haben, darüber zu sprechen. So begann er also zu
berichten von dem Augenblick, da Goethe, Meyer und er die
verräterische Spur entdeckt, wie sie sich über den Kuß vereinbart
und belustigt und ihre Forschungen nach dem Kunstliebhaber
angestellt hatten. Er erzählte, daß seine Untersuchungen trotz
20 alles Eifers erfolglos geblieben, Goethe aber, und jedenfalls
durch Meyer, den Thäter dennoch ausgespürt, aber verschwiegen
wissen* wollte.

Da bemerkte Voß, daß sein Freund plötzlich wie in Er=
starrung saß, während eine dunkle Röte sein Gesicht übergoß;
25 er bemerkte, wie Franzens* und Charlottens Augen sich trafen
und auch des jungen Mädchens Antlitz gerötet und mit dem
Ausdruck des Unwillens erschien. Er stutzte über die Er=
scheinung, und mit einemmal wurde ihm klar, daß er dem
Geheimnis auf die Spur gekommen; ja, es war ihm unver=
30 kennbar, daß auch Charlotte den Thäter sofort entdeckt hatte,
wie denn Franzens Bekenntnis sich in seinem Wesen aussprach.
So überraschend und plötzlich war die Enthüllung, daß keine

Geistesgegenwart und Fassung über das Erschrecken hinaus=
half*. Und auch bei dem Erzähler selbst, dem sein Gewissen
zugleich sagte, was er angerichtet hatte. So saßen alle drei
verstummt und in Verlegenheit, wie eine Unterhaltung noch
5 fortgeführt werden sollte. Glücklicherweise beschränkte sich der
Bann* nur auf sie selbst. Denn der Direktor hatte nur ein
zerstreutes „Seltsam! Wunderlich!" dazwischen geworfen, um
sich wieder zu seinen Büchern zu wenden, während die Haus=
frau den Schluß der Geschichte nicht abgewartet hatte, sondern
10 aufgestanden war, um etwas Vergessenes von draußen selbst
herbeizuholen. Jetzt kam sie zurück, und die drei hart Be=
drängten atmeten auf, als der Direktor ein neues Buch hervor=
zog mit dem Ausruf: „Halt! Hier hab' ich etwas!" Es war
eine dramatische Dichtung: „Die Söhne des Thals" von
15 Zacharias Werner*. „Sehen wir doch einmal zu," sagte der
Direktor und fing ohne weiteres* an, vorzulesen. Er las
und las, zu eigner und der übrigen Genugthuung, obgleich
die drei Jüngeren, deren Gedanken sich so plötzlich in geheimnis=
vollem Bunde erkannt hatten, kaum zuhörten. Schweigend
20 saßen sie, die Augen vor sich niedergeschlagen, scheinbar zu=
hörend, ohne doch etwas von den schönen Dialogen der
Tempelritter auf Cypern* zu vernehmen. Der Hausherr las,
von innerem Anteil ergriffen, immer weiter und weiter. Da
schlug die Wanduhr im Arbeitszimmer die elfte Stunde, und
25 die Hausfrau räusperte sich etwas* vernehmlich. Der Vorleser
wollte nur noch einen Akt abschließen. „So weit für heute!"
rief er. Er faßte noch sein Urteil zusammen, welches auf*
große Anerkennung lautete. Das Stück sei den Schillerschen
Werken nicht nur ebenbürtig, sondern in vielen Dingen über=
30 legen, erklärte er, und es müsse* durchaus an eine Darstellung
gedacht werden.

Die jungen Männer zögerten freilich, das übermäßig

günstige Urteil des Direktors zu dem ihrigen zu machen, doch
mußten sie es auf sich beruhen* lassen, da sie viel zu zer=
streut gewesen, um einen klaren Einblick zu gewinnen. Sie
erhoben sich bald darauf, um sich zu verabschieden. Schweigend
5 gingen sie nebeneinander, und obgleich das Schweigen beiden
drückend war, vermochte doch keiner das Wort zur Anrede zu
finden. Dieses Verstummen bewies ihnen erst* recht, daß sie
sich innerlich verstanden und einander viel zu sagen hatten.
Der kurze Weg nach ihrer Wohnung war bald zurückgelegt.
10 Auf dem gemeinsamen Hausflur angelangt, sagte Franz:
„Komm noch zu mir herein.“

Tief aufatmend that er dem Freunde jetzt ein Geständnis
seiner Liebe zu Charlotte und alles dessen, was sich daran
knüpfte. Und einmal im* Bekennen, gab er auch das Ge=
15 heimnis seiner Herkunft preis, welches Heinrich bis dahin re=
spektiert hatte; er erzählte von allen Sorgen, welche ihm sein
Drang* zum Theater bereits gebracht, darunter nicht die letzte,
daß Charlotte sich möglicherweise gerade durch seinen Schau=
spielerstand zurückgeschreckt fühlen möchte. Der Freund, in
20 dem Gefühle, daß er etwas gut zu machen habe, tröstete, riet
dieses und jenes, beklagte, die Veranlassung zu einer unange=
nehmen Lage gegeben zu haben, und wollte doch gerade darin
wieder die Möglichkeit einer glücklichen Lösung finden. Es
war fast Morgen, als die Freunde sich trennten in dem Be=
25 wußtsein, jetzt nur innerlicher verbunden zu sein.

Auch über Charlottens Augen wollte in dieser Nacht der
Schlummer nicht kommen. Daß Franz sie liebte, war ihr
nicht verborgen geblieben; aber Franz vermutete richtig genug,
daß sein Stand es war, der für sie eine unüberwindliche
30 Scheidewand bildete. Wie hätte sie, die Tochter eines Göt=
tinger* Professors, sich anders als ablehnend gegen die Leiden=
schaft eines Schauspielers verhalten dürfen? Daß er ein

Bild geküßt, welches ihr ähnlich sah, hätte sie ihm wohl ver=
geben. Aber daß andere auf die Entdeckung gekommen und
sich darüber lustig gemacht hatten, erfüllte sie mit Groll; ja,
es erschien ihr wie eine Schmach, möglicherweise in der
5 Öffentlichkeit mit einem untergeordneten Schauspieler in einem
Atem genannt zu werden. Denn so wie Voß das Geheimnis
preisgegeben, konnten die beiden anderen es auch bereits ver=
raten haben. Diese Besorgnis warf anklägerisch einen um
so tieferen Schatten auf die Person dessen, der ihr eine solche
10 Schmach bereitet hatte, und in ihrer Aufregung dachte sie sich
in eine immer wachsende Empörung gegen den frechen Menschen
hinein. Dazwischen aber, im Wechsel der Empfindungen,
mußte sie doch zuweilen aus dem Innersten aufseufzen, daß
das Geschick ihr die Aufgabe gestellt, eine vornehme Göttinger
15 Professorstochter zu sein. Denn leider hatte sie den jungen
Hartmann schon früher auf der Bühne bemerkt, ja er hatte
sich ihrem Denken eingeprägt, noch bevor* er ihr in der Ge=
sellschaft begegnet war. Trotzdem er als Anfänger nur kleine
Rollen gab, machten seine Gestalt, sein Anstand, seine Sprach=
20 weise ihn doch schon bemerkbar, und Charlotte hörte im Theater
um sich her manches Wort zu seinen gunsten. Sie hüllte sich
in Schweigen und schalt sich doch, daß sie ganz* Gehör
wurde, wenn man lobend über ihn sprach, denn ihr durfte
und ihr sollte er nicht gefallen. Und nun sah sie ihn in die
25 Gesellschaft aufgenommen; sie sah, wie er sich darin bewegte,
als wäre er dafür erzogen; sie wußte* ihn in der Gunst
Goethes; das waren lauter Vorteile für ihn, die bei ihr
immer stärker sprachen. Aber dennoch durfte sie solchen Re=
gungen nicht nachgeben, sagte sie sich, und so that sie sich mit
30 jungfräulicher Herbheit einen Zwang an, welchen sie wenigstens
äußerlich aufrecht zu halten verstand. Nun aber, nach jener
Erzählung Voß', warf sich ihr ganzer Groll auf Hartmann,

welcher ihr all diese Unruhe bereitete, durch den ihr im Gerede
der Leute noch bittere Erfahrungen in Aussicht stehen konnten.
Ja, sie brauchte*, sie wollte ihn schuldig, und wenn sie ihn
nicht lieben durfte, wollte sie ihn wenigstens hassen. Harten
5 Streit hatte das junge Mädchen in sich durchzukämpfen, während
der von ihr Gehaßte mit seiner Last von Sorgen sich durchringen* mußte.

Inzwischen wurde von den Freunden doch beschlossen, im
Böttigerschen Hause und vor Charlotte zu erscheinen, als wäre
10 nichts geschehen; und sie durften es, da in der That nichts*
begegnet war, was äußerlich von Belang gewesen wäre. Charlotte kam ihnen darin sogar zu Hilfe, denn sie zeigte sich un-
verändert in ihrer spröden Zurückhaltung.

Um diese Zeit lief das Gerücht durch die weimarischen
15 Kreise, Schiller habe eine neue Tragödie fast vollendet, ja die
Aufführung stände* noch für diesen Winter in Aussicht. Direktor Böttiger wurde unruhig, daß nichts Bestimmteres darüber
verlautete. Sein Ehrgeiz verlangte, sich vor den Leuten als
Eingeweihten kund zu geben; er wollte schon vorher seine An-
20 sichten aussprechen, wollte das Werk anzeigen, überhaupt wenn
nicht im Stücke, doch litterarisch eine Rolle dabei spielen. Da
aber Schiller und Goethe sich bei solchen Vorbereitungen und
Beratungen, von der Erfahrung belehrt, streng abschlossen,
wurde dem neugierig Forschenden auch nicht einmal der Gegen-
25 stand oder Titel des Stückes bekannt. Böttiger wendete sich
an Heinrich Voß, der so häufig in der Familie* Schiller war,
mit dem Bedeuten*, Titel und Stoff des Stückes wenn nicht
von Schiller selbst, so doch durch dessen Frau herauszulocken.
Heinrich aber machte keine Anstalt* dazu, sowohl aus Achtung
30 vor Schiller und dessen Absichten, als auch in der Überzeugung,
daß er mit dem Ergründen von Geheimnissen kein rechtes*
Glück habe.

Endlich hieß* es, das Stück sei fertig, das Manuskript
bereits beim Theater, wo die Rollen ausgeschrieben* würden.
Böttiger wendete sich an die Regisseure, um das Manuskript
auf kurze Zeit zum Lesen zu erhalten. Es wurde ihm abge=
5 schlagen. Sein Zorn erwachte aufs heftigste. „Was soll
diese verwünschte Vornehmthuerei*?" rief er abends am Thee=
tisch. „Da sitzen und hocken diese Herren Schiller und Goethe
zusammen, als gäbe es sonst niemand auf der Welt, spinnen*
sich in albernes Geheimnis, um die Erwartung wer weiß wie
10 hoch zu treiben! Und was für eine Schillersche Maus wird
denn der gewaltige Berg wieder gebären! Ein buntscheckiges*
Ding wie diese ‚Braut von Messina‘, worin die Anschauungen*
aller Zeitalter durcheinander gekocht* sind, oder ein Trauerspiel
wie diese Stuart, in dem alle Charaktere verwischt, der Zeit=
15 charakter* aber völlig verkehrt ist!" Die Frau Direktorin
sah, daß ihr Gatte heute nicht seinen Schillertag habe, und
suchte abzulenken, während Charlotte ihren Oheim mit Be=
trübnis hadern hörte, denn sie hatte gerade durch die „Braut
von Messina" den tiefsten Eindruck empfangen, und der Dichter
20 der „Maria Stuart" mit seinem großen* Freunde waren für
sie unantastbare Gestalten.

Kurze Zeit darauf kam eines Morgens Franz in das
Böttigersche Haus, um zu melden, daß die Rollen des neuen
Stückes verteilt seien. Die Frau Direktorin war ausgegangen,
25 Charlotte rief ihren Oheim aus seiner Arbeitsstube in das
Wohnzimmer. „Das Stück heißt ‚Wilhelm* Tell‘," erzählte
Franz, „und scheint von der allergroßartigsten dramatischen
Komposition. Ich selbst habe zum erstenmale eine größere
Rolle erhalten, einen Liebhaber Namens Rudenz."

30   „Bringen Sie mir Ihre Rolle!" rief Herr Böttiger.
„Gibt sie auch nur einen geringen Einblick, so bietet sie viel=
leicht einen ungefähren* Anhalt."

„Das darf ich leider nicht, Herr Direktor," entgegnete Franz.

„Wenn ich — ich sie von Ihnen verlange, dürfen Sie's!" fuhr Herr Böttiger auf*. „So weit darf die Geheimnis-
5 krämerei nicht gehen, sogar die Rollen wie ein Heiligtum zu hüten!"

„Gerade diese sollen gehütet werden, Herr Direktor! Es ist uns auf das strengste verboten, sie aus den Händen zu geben."

„Nun ja* doch, an diesen und jenen nicht, den diese Dinge
10 nichts angehen!" warf Böttiger ein. „Es ist aber ein Unter-schied zu machen. Bringen Sie mir nur getrost* die Rolle, ich will's schon vertreten*." Er sprach es mit dem Tone des Schuloberhauptes etwa dem jüngsten Lehrer gegenüber, jeden Einwand gegen sein Verlangen ausschließend.

15   „Ich bedaure recht sehr, nicht darauf* eingehen zu können," entgegnete Franz. „Es soll vor kurzem mancherlei Unfug ge-trieben worden sein durch dergleichen vorzeitige Einblicke, und gerade darum ist uns eingeschärft worden, solche Manuskripte jedem zu verweigern."

20   Franz hatte keine Ahnung, wie bitter diese Wendung* Herrn Böttiger aufstacheln mußte. Denn gerade dieser hatte einige Jahre zuvor das Manuskript eines Schillerschen Stückes heimlich vom Theater zu entleihen gewußt, dadurch sein Ver-hältnis zu Schiller und Goethe nicht eben gefördert und die
25 Veranlassung zu strengeren Theatergesetzen gegeben. „Unfug?" fuhr er mit zornrotem Gesichte auf. „Das wagt ein nase-weiser Bursche mir zu sagen? Ein Subjekt* vom Theater, dem ich nachsichtig mein Haus geöffnet habe?"

Franz, erschrocken über das Betragen dieses Mannes, der
30 die Fassung so weit verloren hatte, um aller gesellschaftlichen Form Hohn zu sprechen, erhob sich rasch und entgegnete nicht ohne Heftigkeit: „Sie vergessen sich, Herr Direktor!"

„Ich weiß, was ich sage!" schrie der andere in nur noch
gesteigerter Aufregung. „Man glaubt wohl, wenn man in
der Gunst dieser Herren steht, auch* schon etwas Besonderes
zu sein? Dieser neuen ‚Dioskuren‘*, welche mit dem poetischen
5 Karren* über die Häupter aller übrigen hinwegjagen möchten!
Da wird ein förmliches Kommando ausgeteilt, da wird mit
einer geheimnisvollen Unnahbarkeit Komödie gespielt, da er=
ziehen sie sich geradezu* Sklaven in jeder Gestalt, die sich be=
lehren lassen, daß außer ihnen selbst niemand in der Welt ein
10 Wort mitzureden habe!"

Franz sah Charlottens Augen mit einem bittenden Aus=
druck auf sich gerichtet, und gelassener entgegnete er: „Wenn
Schiller als Dichter des ‚Tell‘ den Wunsch hegt, seine Dichtung
bis zur Aufführung noch nicht bekannt werden zu lassen, so
15 habe ich diesen Wunsch zu achten; wenn Goethe als Leiter
des Theaters diesen Wunsch zum Gesetz erhebt, so habe ich zu
gehorchen. Ich sehe nichts Strafbares in meiner Weigerung,
zumal niemand ein Recht hat, das Stück früher kennen zu
lernen."

20 Der Gymnasialdirektor aber, nicht gewöhnt, von Jüngeren
eine entschiedene Sprache zu hören, fuhr von neuem auf:
„Vorlautes Geschwätz von Recht und Recht! Ihnen gegen=
über* hätte ich allerdings ein solches Recht! Wenn einem
Menschen von Ihrer Stellung in einem Hause wie dem mei=
25 nigen Zulaß gewährt wird, so hat er dafür Pflichten gegen
mich zu erfüllen! Aber gut! Gehen Sie und hofieren Sie
Ihren Dioskuren! Mich aber werden Sie verbinden, wenn
Sie meine Schwelle nicht wieder betreten!" Der fassungslose
Mann verließ das Zimmer und schlug die Thür hinter sich
30 zu, daß sie in den Angeln schütterte und krachte.

Charlotte fuhr zusammen, Franz aber sah ihm mit er=
staunten Blicken nach. „Was habe ich verschuldet?" fragte er.

„Ich weiß es nicht," entgegnete das junge Mädchen, durch
das taktlose Betragen ihres Onkels mit Scham und Unwillen
erfüllt.

„Habe ich nach Ihrem Urteil irgend etwas Ungehöriges
5 gesagt?"

„Nein! Sie haben gesprochen, wie es sich geziemte und
wie ich es auch gethan hätte."

„Ihr Oheim hat mir sein Haus verboten, Fräulein Charlotte. Ich darf nicht zurückkehren. O mein Gott, ich kann
10 ja nicht mehr auf das Glück verzichten, Sie zu sehen, mit
Ihnen zu sprechen!"

Durch Charlottens Wesen schien ein bitteres Ringen zu
gehen, dann aber sagte sie: „Wir werden — auf andere
Mittel und Wege sinnen müssen, um uns zu sehen und zu
15 sprechen."

Ein Freudentaumel* ergriff das Herz des jungen Mannes.
„Charlotte," rief er, ihre Hand fassend, „Sie sind mir dennoch gütig gesinnt? Nehmen Sie das Geständnis, daß ich
Sie liebe, mit jedem Herzensschlage! Daß ich Sie im Bilde
20 geküßt habe, hingerissen von schmerzlicher Wonne, Ihnen nahe
zu sein, so* fremd Sie mir noch waren! O Charlotte, sagen
Sie mir ein gütiges Wort, ein Wort aus Ihrem Herzen, das
mich fortleben* heißt, denn ohne Ihre Liebe wäre das Leben
mir Qual und Verzweiflung!"

25 Ein Schauer überrieselte das Mädchen, Thränen stahlen
sich aus den schönen Augen, welchen aller Ausdruck des Stolzes
geschwunden war. Charlotte ließ ihr Haupt an seine Brust
sinken, die Lippen der Liebenden fanden sich, und in schweigender
Umarmung genossen sie die ersten Augenblicke eines über-
30 wältigenden Glückes.

Da rauschte* es durch die Thür, und eine Stimme, vor
Schreck fast ersterbend, rief: „Um Gotteswillen, Charlotte

Herr Hartmann!" Frau Böttiger war von ihrem Ausgange nach Hause gekommen.

Die Liebenden fuhren zwar auseinander, aber Charlotte, schnell gefaßt, begann die Rede: „Ich stelle dir in Herrn
5 Hartmann meinen Verlobten* vor, liebe Tante."

Die Tante mußte sich niedersetzen. „Aber das ist ja ganz unmöglich!" entgegnete sie beängstigt.

Franz bestätigte Charlottens Ausspruch, indem er ihr vor den Augen der Direktorin die Hand küßte.

10 „Aber um* alles in der Welt!" rief diese, „das ist ja unerhört! Da müssen wir doch zuerst mit meinem Manne sprechen!"

„Der Augenblick wird für mich wenig günstig sein," wendete Franz ein, „da der Herr Direktor mir sein Haus
15 fortan verboten hat."

„Sie haben bei ihm um Charlotte angehalten*? Und er hat Sie abgewiesen?"

„Das* nicht, Frau Direktorin. Ich mußte seinen Zorn= ausbruch aus einem anderen Grunde über mich ergehen lassen.
20 Doch steht es leider fest, daß ich Ihr Haus nicht mehr betreten darf."

„Und darum, liebe Tante," nahm Charlotte das Wort, „wird es am besten sein, ich verlasse es auch. Da ich mit meinem Verlobten hier doch nicht mehr verkehren darf, will
25 ich zu meiner Schwester nach Dresden zurückkehren."

„Sie* wollen fort, Charlotte?" warf Franz erschreckt ein.

„Wir müssen über die Entfernung hinwegzukommen* suchen und werden nicht weiter voneinander getrennt sein, als wir es hier wären. Denn auf das Einverständnis des Oheims haben
30 wir nicht zu rechnen. Geh jetzt, teurer Freund! Ich gebe Dir* Nachricht, wo wir uns vor meiner Abreise noch einmal sprechen können."

Und als Franz sich von Frau Böttiger verabschiedete und
ihr für so manches Gute, das er in ihrer Familie erfahren,
aus beglücktem Herzen dankte, saß diese von dem überraschenden
Ereignis wie gelähmt und ohne Worte da, wiewohl nicht ohne
5 teilnehmende Bewegung, denn sie war eigentlich* eine gute
Frau.

Franz aber eilte nach Hause, wo er auf dem Tische einen
Brief vorfand. Heinrich Voß, der über den Sonntag bei
seinen Eltern in Jena gewesen war, hatte ihn aus des Freundes
10 dortiger Studentenwohnung* mitgebracht. Der Empfänger
kannte die Handschrift, und obgleich in einer Stimmung, die
ihm die ganze Welt sonnig und beglückt zeigte, durchfuhr ihn
eine Ahnung, daß der Brief nichts Gutes bedeute. Er rührte
von einem alten Hausgenossen seines Oheims her, der von
15 untergeordneter Stellung aus sich zum Sekretär, Vorleser,
Gesellschafter, Vertrauten*, ja zum Freunde aufgeschwungen*
hatte, den auch Franz als einen würdigen Mann achtete. Der
alte Burchart schrieb folgendermaßen: „Es wird mir recht
schwer, mein teuerster Herr* Baron, auszusprechen, was mir
20 auf dem Herzen liegt, aber ich muß diesen Brief Ihrem Herrn
Oheim abnehmen*, der viel zu aufgeregt und körperlich leidend
ist, um selbst schreiben zu können. Es sind nämlich Nachrichten
über Sie hierhergekommen, welche ganz unglaublich erscheinen,
dem Freiherrn* aber doch ein Vorgefühl von Schmerz und
25 bitterem Verdruß geben, zumal er behauptet, bereits Andeutungen
von Ihnen selbst empfangen zu haben. Einige Bekannte aus
der Stadt, welche von einer Reise zurückgekehrt sind, behaupten,
Sie, Herr Franz, seien unter dem Namen Hartmann zum
Theater gegangen. Man will* Sie in Weimar auf der Bühne
30 gesehen und mit Bestimmtheit erkannt haben. Ich habe mehrere
Briefe nach Jena schreiben müssen, an den Rektor* der Uni=
versität, an Ihren Hauswirt; die Briefe sind abgegangen, aber

die Entgegnung fehlt noch. Nun wende ich mich auch an Sie (was ich freilich am liebsten zuerst gethan hätte, aber auf den Befehl des Freiherrn unterlassen mußte) und bitte Sie um Aufklärung dieses rätselhaften und unheilbringenden Gerüchtes.
5 Ich kann Ihnen nicht verbergen, daß der Zustand des guten alten Herrn ein zweifelhafter ist. Er hat gedroht, wenn die Nachricht wahr sei, sein zu Ihren* gunsten lautendes Testament umzustoßen, Ihnen sein Haus für alle Zeit zu verbieten, jede Beziehung zu Ihnen zu vernichten und Sie nicht wieder zu
10 sehen. Und ich fürchte, bei der* Festigkeit seiner Entschlüsse und seines Willens wird er seine Drohung wahr machen, so sehr* sich sonst alle seiner Güte zu erfreuen haben. Er wird es, obgleich die schmerzliche Aufregung ihn hinfällig und krank gemacht hat. Wir sehen mit unendlicher Besorgnis, aber doch
15 auch noch mit einiger Hoffnung den Nachrichten über Sie, mehr noch von Ihnen selbst, entgegen. Mein Rat ist, lieber, teuerster Franz, daß Sie selbst herkommen, die inhaltlosen Gerüchte zerstreuen oder — Ihre Sache selbst zu verfechten suchen. Im letzten Falle machen Sie sich auf Stürme ge=
20 faßt*, vielleicht auf eine völlige Niederlage. Dennoch sollten Sie kommen! Es ist meine eigne dringende Bitte! Es ist um Ihrer selbst willen! Es ist um Ihres guten Oheims, um unser aller willen."

Franz ließ den Brief vor sich auf den Tisch fallen. Aus
25 dem Rausche seines Liebesglückes riefen ihn ernste Mahnungen an seine Schuld, Mahnungen, die er nicht ohne tiefe Bewe= gung in seinem Inneren empfangen konnte. „Es mußte einmal* so kommen," sagte er zu sich selbst. „Mein Plan war Thorheit, alle meine Vorsichtsmaßregeln unzulänglich. O,
30 mein armer alter Oheim! Das schlimmste ist doch, daß ich den väterlichen Freund in dir verliere!"

Heinrich Voß, der in das Zimmer trat, fand ihn, den

Kopf auf den Arm gestützt, in regungslosem* Hinbrüten. „Lies!“ rief ihm Franz entgegen, auf den Brief deutend.

Heinrich las und legte, als er damit zu Ende war, das Schreiben mit trauriger Miene nieder. „Was wirst du thun?“ 5 fragte er.

„Abreisen!“ rief Franz aufspringend. „Heute noch, in einigen Stunden. Ich nehme Extrapost*. Ich will meinem Oheim ein offenes Bekenntnis thun. Ich weiß, wie viel ich damit verloren gebe, aber ich muß den Sturm über mich er= 10 gehen lassen. Aber — wie rechtfertige ich mich hier?“ Er erzählte dem Freunde von dem Auftritt im Böttigerschen Hause, er verkündete mit neuem Aufflammen seines Glücksgefühls, daß er Charlottens Herz und Hand gewonnen habe. „Und doch,“ fuhr er fort, „wünsche ich nicht, daß sie von dem, was mir 15 bevorsteht, schon erfahre. Ja, könnte ich sie vor meiner Ab= reise noch einmal sprechen, dann sollte sie alles, auch meinen Familiennamen, von mir selbst hören; aber schriftlich — es sieht mir zu sehr nach Märchenkomödie aus, und ich suche nach einer Vermittelung. Ich wünsche auch nicht, daß man 20 im Böttigerschen Hause etwa durch meinen Freiherrntitel eine andere Meinung von mir bekäme, da er ja doch jetzt nicht mehr von Belang ist. Ich schreibe* Charlotte einige Zeilen zum Abschied. Wirst du in den nächsten Tagen nach mir gefragt, so magst du von Familienangelegenheiten sprechen, 25 sonst nichts! Ich nehme* dir das Versprechen ab!“

Die Freunde besprachen unruhig und erregt das zur Ab= reise-Nötige, wobei Voß thätige Hilfe zusagte. Plötzlich rief er: „Aber deine Rolle im Tell! Wirst du bis zu den Proben wieder hier sein können?“

30 „Ach, lieber Freund,“ entgegnete Franz, „übernimm auch das! Gib die Rolle an Schiller zurück und sprich mit Goethe! Ich werde diesen Rudenz nicht spielen, ich werde überhaupt

nicht wieder auftreten*. Hat meine geliebte Charlotte ihrem Stolz das Opfer abgewonnen, ihre Liebe dem Schauspieler zu gestehen, und die Seine werden zu wollen, so kann ich zu dem kleineren Opfer bereit sein, meiner Bühnenlaufbahn zu 5 entsagen. Ist es denn auch ein Opfer? Erlösung ist es von einem phantastischen Wahn. Ich habe meine Studien seit kaum einem Jahre unterbrochen, ich werde sie wieder auf= nehmen. Freilich muß ich mich dabei ganz auf eigene* Füße stellen, aber die beseligende Aussicht, einst die Geliebte heim= 10 zuführen, wird mir alle Mühen leicht machen!"

„Franz!" rief Heinrich, indem er beide Hände gegen ihn ausstreckte, „ich kann Dir nicht verhehlen, daß dieser Plan mich wahrhaft freut und beglückt! Dir, bei Deinen Talenten, Deinem Eifer, kann es am Gelingen nicht fehlen, und, glaube mir, 15 eine Weltrolle* wirst Du früher spielen, als Du eine Helden= rolle auf dem Theater erhalten hättest!"

Acht Tage waren nach diesem Gespräch vergangen. Char= lotte hatte ihren Plan geändert und sich von ihrer Tante mit nicht großer Mühe überreden lassen, in Weimar zu bleiben. 20 Denn da Franz abgereist war und von seiner Gegenwart für das Haus des Onkels nichts zu befürchten stand, mochte* sie gegen einen dauernden Aufenthalt nichts einwenden. Sie hatte nur wenige Zeilen von der Hand ihres Verlobten empfangen, voll von seiner feurigen, unverbrüchlichen Liebe, zugleich aber 25 mit der Nachricht, daß er in Familienangelegenheiten schleunigst abreisen müsse und Verhältnissen* entgegengehe, die ihn viel= leicht längere Zeit von ihr trennen würden. Damit gab* sich Charlotte vorerst zufrieden. War doch zwischen ihnen noch so wenig von ihren äußeren Beziehungen zur Sprache ge= 30 kommen, daß sie keine längeren Erklärungen verlangte, in der Hoffnung, bald durch neue Nachricht von ihm in sein Ver= trauen gezogen zu werden. Von seiner Liebe war sie über=

6

zeugt und sie selbst in ihrem Herzen glücklich. Sie scheute sich
nicht mehr, und * wär's in Weimar, wo man sie als die
Tochter eines Göttinger Professors kannte, die Frau eines
Schauspielers zu werden. Aber sie sagte sich auch, daß bis
5 dahin noch manche Zeit vergehen würde. Inzwischen war sie
getrost, ja heiterer als sonst und nahm, was ihr die kleine
Musenstadt * an Anregung und geistigen Genüssen bot, mi
empfänglichem Herzen hin. — Auch die Tante hatte sich be=
ruhigt, wozu hauptsächlich die Entfernung des Gefürchteten
10 beitrug. Obgleich sehr mitteilsamer Natur, mochte sie ihrem
Gatten doch nichts von dem Verlöbnis Charlottens verraten.
Denn als sie von dieser erfahren, welchen Auftritt er dem
jungen Mann bereitet hatte, sah sie wohl ein, daß von Hart=
mann mit dem Direktor überhaupt * nicht mehr gesprochen
15 werden durfte. Sie kannte das zornige Aufbrausen ihres
Mannes, wußte, wie unerträglich ihm jeder Widerspruch war,
und konnte nicht umhin *, den jungen Mann im Recht gegen
ihren Gatten zu glauben. Auch empfand sie Wohlwollen genug
für Hartmann nur daß ihr Vorurteil der Möglichkeit wider=
20 strebte, ihn als Schauspieler mit Charlotte vereinigt zu sehen.
Und da sie nun in seiner Abwesenheit das junge Mädchen
ganz getrost und im Wesen sogar jugendlich * sonniger erblickte
als bisher, schöpfte sie die Hoffnung, daß ein gewiß nur auf
Übereilung beruhendes Verhältnis sich mit der Zeit werde
25 lösen lassen.

Auch Herr Böttiger hatte sich einigermaßen beruhigt, war
sogar zu der Überzeugung gelangt, daß er in seiner Auf=
wallung den jungen Menschen zu hart behandelt habe. Ob=
gleich er ihn selbst aus dem Hause verbannt hatte, konnte er
30 doch nicht umhin, gelegentlich zu fragen, wo Hartmann eigent=
lich * geblieben sei? Der Nachricht, daß er in Familienange=
legenheiten verreist sei, mißtraute er. Eine kleine Besorgnis

erfüllte ihn, der von ihm Vertriebene möchte manches abfällige
Urteil und harte Wort, das er von ihm über die Größen*
Weimars vernommen, in anderen Kreisen verbreiten und den
Gegensatz, in welchen er sich zu ihnen schon gebracht, dadurch
5 nur noch verschärfen. Herr Böttiger erkundigte sich daher so*
von fernher bei solchen, die zum Theater in engerer Beziehung
standen. Da erfuhr er denn*, daß man auf diesen Menschen
eigentlich sehr ungehalten, da er so gut wie davongegangen*
sei und durch Zurücksendung seiner Rolle der Theaterleitung
10 eine gewisse Verlegenheit bereitet habe. Herr Böttiger schmunzelte
und fühlte die menschliche Regung einer kleinen Genugthuung,
daß gewissen anderen Leuten eine Verlegenheit nicht erspart
worden sei.

Nach Verlauf von wiederum* einer Woche empfing Char=
15 lotte den ersehnten ersten Brief von ihrem Verlobten. Der
größte Teil des Bogens war ausgefüllt mit Versicherungen
des Liebenden, Klagen über die Trennung, Aussichten auf das
Wiedersehen — Ergüssen, welche Charlotte mit Entzücken las.
Auf der letzten Seite erst* meldete er, daß er in recht uner=
20 quickliche Verhältnisse eingetreten sei, über die er ihr nur
mündlich Auskunft geben könne. Fürs erste spiele er die Rolle
eines nachtwachenden Krankenpflegers* bei einem alten Onkel.
Sie möge, bat er, ihre Briefe unter der Adresse* des Herrn
Sekretär Burchart absenden. Charlotte bedauerte ihren Ge=
25 liebten, lobte ihn aber im Herzen, daß er als ein so junger
Mann sich einer so ernsten Aufgabe unterzog. Und schrieb
er nur kurze Briefe, so schrieb sie um so längere, worin das
Theater häufig genug zur Sprache* kam. Sie könne sich gar
nicht darein* finden, so sagte sie, daß Rollen, in welchen sie
30 ihn zuerst gesehen, nun von anderen gespielt würden; sie em=
pfinde die Lücke, die seine Abwesenheit gerissen*, überall und

stelle bei jedem neuen Stücke Überlegungen an, welche von den jüngeren Personen er wohl gespielt haben würde.

Diese Lücke im Personal wurde freilich im allgemeinen weniger empfunden, denn für den einen Fehlenden war eine
5 Aushilfe immer vorhanden, da in dieser Blütezeit des Theaters man unter den Zudringenden* stets die Wahl hatte.

Lebte aber Charlotte still beglückt in ihrem geheimen Brief= wechsel, so sah Heinrich Voß ernster in die Lage und in die Zukunft des Freundes. Denn auch er hatte Nachricht erhalten,
10 in welcher die Thatsachen schärfer betont waren. Es war gekommen, wie er es vorausgesehen, schrieb Franz. „Das aufrichtige Bekenntnis meines verhängnisvollen Schrittes hat mir einen furchtbaren Auftritt bereitet, einen noch schrecklicheren für meinen armen alten Oheim. Die Schmach, welche ich
15 seinem Hause und Namen angethan, ist ihm unüberwindlich. Er hat seine Drohung wahr gemacht, hat mich enterbt, ver= stoßen, mir jede Hilfe für die Zukunft versagt, mir seine Schwelle für immer verboten. Härter als ich leidet er selbst darunter auf seinem Krankenlager. Ich gelte* für abgereist,
20 niemand darf in seiner Gegenwart meinen Namen aussprechen. Ist es mir aber am Tage versagt, in seiner Nähe zu sein, so kann ich auf die Pflicht nicht verzichten, nachts* seiner Pflege zu leben und ungesehen für ihn zu sorgen. Dazwischen arbeite ich mich in unterbrochene Studien wieder ein, um,
25 wenn hier ein leider zu erwartender Fall eintritt, bald zu einer Prüfung für den Staatsdienst* gerüstet zu sein. Die Leute sind mir hier nach wie vor sehr ergeben; der alte Burchart will mir die Mittel, um in der nächsten Zeit leben zu können, auftreiben* helfen. Ich bin getrost und verlange
30 es nicht besser, als ich es verdient habe."

Inzwischen hatten die Proben zu Schillers „Wilhelm Tell" ihren Anfang genommen, und der Ruf von der hohen Vor=

trefflichkeit dieses Werkes verbreitete sich täglich mehr. Es
wurde erzählt, daß der Dichter selbst und Goethe jeder Probe
beiwohnten, alles bis in das kleinste leiteten und durchübten.
Einen solchen Aufwand von Personal, von landschaftlicher*
5 Dekoration, von theatralischen Mitteln aller Art, zu denen
auch Musik und Gesang herbeigezogen würden, wollte* man
nie erlebt haben. So steigerte sich die Erwartung, und als
für* den 1. März die erste Aufführung angesetzt wurde, zeigte
sich der Andrang so mächtig, daß das Haus ihm nicht ge=
10 wachsen war und eine Wiederholung auf* den 19. März so=
gleich verkündigt werden mußte. Denn nicht nur aus Weimar,
auch aus anderen Städten strömten die Schaubegierigen* her=
bei, und besonders ergossen sich von Jena die Professoren,
Studenten und andere Bewohner der Stadt wie in einer
15 Völkerwanderung* nach Weimar. Charlotte saß mit vor*
Erwartung pochendem Herzen auf ihrem Platze und blickte
hinüber in die Loge Schillers, in welcher sie den Dichter und
seine Gattin sowie Frau Ernestine Voß aus Jena, Heinrichs
Mutter, erblickte. Und nun begann das Stück mit dem an=
20 mutigsten Alpenidyll*, um sich immer mächtiger und groß=
artiger zu entfalten. Charlotte teilte die allgemeine Erhebung
und saß verstummt unter dem Eindruck dieser gewaltigen
Dichtung. Nur wenn Rudenz auftrat, der auch als* Person
des Stückes nicht so recht ihren Beifall hatte, wurde ihre Auf=
25 merksamkeit von der Handlung etwas abgelenkt. Denn sie
dachte sich einen anderen in dieser Rolle und war überzeugt,
daß dieser sie viel interessanter gemacht und bedeutender* zur
Geltung gebracht haben würde.

Diese Aufführungen waren für Weimar ein Ereignis, und
30 zwar wie im großen, so auch im kleinen, ja bis in Charlottens*
stilles Herzensleben hinein. Die Stadt war voller als je=
mals von Fremden, in vielen Familien freundschaftliche Ein=

quartierung*; man empfing Besuche, entgegnete sie und blieb in angeregter Unterhaltung länger beisammen, als man beab= sichtigt hatte.

Von einem dieser Besuche kehrte Frau Böttiger mit Char=
5 lotte in einiger Aufregung zurück. Sie begegneten Heinrich Voß, den die Frau Direktorin bat, mit ihr zu kommen, da sie Wichtiges mit ihm zu reden habe. „Sagen Sie mir,“ begann sie, zu Hause angelangt, „was ist an* der Geschichte, die wir soeben von unseren Bekannten aus Jena erfahren haben?
10 Sie sind Hartmanns Freund und jedenfalls über ihn unter= richtet. Der junge Mann soll* ja ein Baron von Rheinfelden sein, Erbe eines großen Güterbesitzes! Der Herr* Studiosus hat so zu sagen einen dummen* Streich gemacht und ist auf einige Zeit unter die Schauspieler gegangen, nach dem Vor=
15 bilde Wilhelm Meisters! Eigentlich ist es ja allerliebst*, eine kleine Genialität dieser Art soll man eher· humoristisch als gar zu ernst nehmen! Nun also, erzählen Sie doch!“

Heinrich fühlte sich in der peinlichsten Lage. Er hatte dem Freunde das Wort gegeben, zu schweigen, und nun sah
20 er das Geheimnis entdeckt und die Augen der Frauen, besonders Charlottens, mit der höchsten Spannung der Erwartung auf sich* gerichtet. Er suchte dennoch Ausflüchte, allein die Frau Direktorin rief lachend: „Aber, lieber Voß, wozu denn noch diesen Rückhalt? Die Sache ist in ganz Jena bekannt. Man
25 erzählt sie verschieden, von Ihnen verlangen wir das Richtige zu erfahren.“ Sie gab die Gewährsleute* an, von welchen sie die Geschichte gehört, nannte Namen von Professoren, deren Frauen und Töchtern, sogar von Studierenden*, unter welchen das Geheimnis auch längst verraten war. Dem* gegenüber
30 mußte Voß denn* gestehen, daß Hartmann sich ihm unter seinem Familiennamen Franz von Rheinfelden auch schon ent= deckt habe und er über seine Verhältnisse unterrichtet sei.

„Welche * Komödie ihr uns vorgespielt habt!" rief Frau Böttiger. „Aber die Eulenspiegelei* soll euch verziehen sein, da der Ausgang so hübsch ist. Wenn Herr von Rheinfelden seiner Familie dadurch Verdruß bereitet hat, so wird sich das *
5 ja ausgleichen lassen. Vielleicht können wir selbst etwas dazu thun. Er hat in unserem Hause verkehrt, wir kennen ihn ja als einen vortrefflichen jungen Mann. Man muß die Sache nur darzustellen wissen als das, was sie ist, als einen Genie=streich*, eingegeben von phantasiereicher Jugendlaune. Ist die
10 Familie wirklich so begütert, wie man sagt?"

Heinrich schwankte, ob er mehr preisgeben sollte. Allein es schien ihm ratsam, nachdem das Geheimnis doch einmal entdeckt war, gerade den Gerüchten von glänzend hochgespannten Erwartungen gegenüber mit der ganzen Wahrheit herauszu=
15 rücken*. Und so erzählte er denn von Franzens Verhältnis zu seinem Oheim und wie er von diesem enterbt und verstoßen worden sei.

„Enterbt? Verstoßen?" rief Frau Böttiger erschreckt. „Das ist ja entsetzlich!"

20 Charlotte aber, welche während der Unterhaltung kein Wort gesprochen und wie in Erstarrung dagesessen hatte, hob plötzlich das Haupt, und durch ihre Augen ging ein Feuer, über ihre Züge flog ein Ausdruck, in welchem Schreck und Freude gemischt erschienen.

25 „Ich kann es mir noch nicht denken!" fuhr die Tante fort. „Wir sollten — ich möchte selbst an den alten Herrn schreiben."

Charlotte machte eine entschieden abwehrende Handbewegung.

„Warum nicht, liebes Kind?" fuhr die Frau Direktorin fort. „Der alte Freiherr wird nicht ganz unversöhnlich sein, und
30 eine so großartige Erbschaft — ist doch zu berücksichtigen."

„Wenn sie aber unserem Freunde wirklich verloren gegangen," entgegnete Voß, „wäre denn das Unglück für ihn so groß?

Er selbst scheint nur an einem* schwer zu tragen, nämlich an dem Zerwürfniß mit seinem Oheim, den er liebt und achtet. Und müssen wir uns Franz denn ohne einen großen Besitz hilflos und verloren denken? Hat er nicht Kenntnisse und
5 Talente, die ihm eine bedeutende Laufbahn sichern?"

Ein voller, dankbarer Blick des Einverständnisses flog aus Charlottens Augen zu dem Sprecher hinüber, und lächelnd neigte sie das Haupt.

„Freilich, zum Theater wird Franz nicht wieder zurückkehren,"
10 fuhr Heinrich fort. „Er hätte diese Laufbahn unter allen Umständen bald verlassen, da ihre Pflichten bereits peinlich auf ihm lasteten. Seine Gaben weisen ihn in das thätige große Leben, nicht in das kleine des schönen* Scheins. Er würde aus der Romantik erwacht sein, auch wenn er nicht so
15 hart in die Wirklichkeit erweckt worden wäre." Voß erzählte darauf von den nächsten Plänen Franzens, soweit er sie kannte, und Frau Böttiger gab denn zu, daß der „junge Baron" (wie sie ihn nur noch nannte) durch seine Kenntnisse und sicher= lich auch durch seinen Namen und seine Familienbeziehungen
20 immer noch einer aussichtsvollen Zukunft entgegensehen könne. Freilich über* das Verzichten auf die Erbschaft kam sie nicht hinaus.

Charlotte ging in ihr Kämmerlein*, um die Flut von einander widersprechenden Empfindungen in sich abzuklären.
25 Als sie in der Gesellschaft zuerst Franzens Familiennamen hatte nennen hören, war ein Gefühl von Zorn, Beleidigung und Furcht über sie gekommen, und der Gedanke, vielleicht* nur der Gegenstand einer vorübergehenden Neigung eines vor= nehmen jungen Thoren zu sein, setzte sie in Verzweiflung.
30 Aber wie schnell war dieser Verdacht wieder entschwunden! Er liebte sie wahrhaft, das wußte sie, denn ihre eigene Liebe hatte Vertrauen. Aber beunruhigend trat ein anderer Gedanke

in ihre Seele: Wenn er sie immer * liebte, würde seine vor=
nehme Familie in * die Verbindung mit ihr einwilligen?
Denn war sie auch eine Göttinger Professorstochter, so stand
sie, da das Verhältnis sich jetzt in überraschender Weise um=
5 gekehrt hatte, als eine Bürgerliche dem freiherrlichen * Standes=
bewußtsein ungleich gegenüber. Wenn Franz ihr treu blieb,
rief sie vielleicht harte Kämpfe in sein und damit auch in ihr
eigenes Leben? Das alles ging in rascher Folge durch ihre
Gedanken. Erst die Worte „Enterbung und Verstoßung" riefen
10 plötzliche Klarheit in ihr Gemüt. War er wieder arm und
gar * noch losgelöst von den Seinen, dann durfte er ihr an=
gehören, dann hatte sie eine Pflicht, sein Leben zu teilen.
Sein Name und Titel hatten nur insofern für sie eine Be=
deutung, als sie dadurch von dem etwaigen * Widerspruch ihrer
15 eigenen Familie weniger befürchtete. Sie selbst wäre ja gern
auch des armen Schauspielers Frau geworden. Aber gerade
damit ging * es ihr eigen. Sie hatte sich zwar daran gewöhnt,
ihn sich auf dem Theater zu denken, aber in dem Augenblick,
da sie hörte, daß er die Bühne verlassen wolle, durchzuckte es
20 sie dennoch wie Freude, als ob ein mühsam gesponnenes Ge=
dankennetz * zerrisse, welches ihr wahres Gefühl bis dahin
gefangen genommen hatte. „Nein!" rief es in ihr. „Er ge=
hört nicht dahin! Ihm gebührt eine größere und umfassen=
dere Wirksamkeit!" Und sie war in dieser Stunde bereits im
25 Innersten froh, daß sie nicht ihn, sondern einen anderen als *
Rudenz gesehen hatte. Und dann schüttelte sie doch den Kopf
über den Abenteurer, der so viel aufs * Spiel gesetzt hatte
um einer Einbildung willen, mit der er, wie sie zugestand,
freilich auch andere angesteckt * hatte. Aber lange sollte sie
30 nicht in diesen auf= und niederwogenden Gedanken umhertreiben,
denn noch an demselben Tage erhielt sie einen Brief von ihm,
einen langen, ausführlichen Brief, der ihr Aufklärung gab

über alles; mehr, viel mehr, als der * Freund jemals em=
pfangen hatte. Vor allem bat Franz, der sich diesmal mit
seinem eigenen Namen unterschrieben hatte, um Verzeihung
für das trügerische Spiel und für das scheinbar mangelnde
5 Vertrauen, in der Hoffnung, daß sie ihn auch nach der Rück=
kehr in seine alten Verhältnisse noch lieben werde. Dann fuhr
er fort: „Gestern haben wir meinen alten Oheim zur letzten *
Ruhe bestattet. Ich durfte auch meinem Gewissen Ruhe schaffen,
welches mir vorwarf, an seiner Krankheit mitschuldig zu sein,
10 da die Ärzte erklären, daß er das Frühjahr nicht mehr erlebt
haben würde, daß er im Gegenteil durch den Verkehr mit mir
gestärkt und noch einige Zeit erhalten worden sei. Denn diese
letzten Wochen lebten wir im schönsten Einvernehmen miteinander.
Er konnte seine Härte gegen mich nicht verwinden, wollte, daß
15 nach mir geschickt würde, und da ich schneller an seiner Seite
erschien, als er erwartet, war jeder Groll gegen mich vergessen,
und es bedurfte nicht mehr des Versprechens, meiner Theater=
thorheit zu entsagen. Sein letzter Wille, der mich zu seinem
Erben macht, bleibt unangetastet. Auch von Dir habe ich
20 ihm erzählt, Geliebte, Dich ihm als meine Braut genannt,
und er war zufrieden und glücklich, mich durch Dich beglückt
zu wissen. Aber, Liebste, wie ist es denn nun? Wirst Du
Deinem verdrehten Hartmann, nachdem Du ihn in so vielen
historischen und unhistorischen ausgeputzten * Prinzenrollen lieb
25 gewonnen hast, auch als einem simplen deutschen Landjunker *
noch gut bleiben? Übrigens, liebster Schatz, ich denke nicht,
auf meiner Scholle festsitzend nach Wind und Wetter zu spähen,
sondern mich an Deiner Seite in der Welt noch gründlich
zu versuchen. Ginge es nun nach meinen Wünschen, so kehrtest
30 Du so bald als möglich nach Dresden zurück. Du bist in
Weimar doch nur bei entfernten Verwandten, und Du erinnerst
Dich, daß der gestrenge Herr Direktor mir die Thür gewiesen

hat! Deine Schwester und Dein Schwager als Vormund sind
Dir die Nächsten, und zu ihnen will ich kommen und um Dich
werben. Überdies würde mein Wiedererscheinen in Weimar
für den Augenblick lästige Überraschungen hervorrufen, die für
5 uns beide besser vermieden werden. An Schiller und Goethe,
die verehrten und geliebten Dichter, deren Wohlwollen ich Un=
würdiger genossen, habe ich geschrieben, ihnen meine Lage
offenbart und sie für mein Davongehen um Verzeihung ge=
beten." Charlotte las und las, und endlich jubelte sie: „Fort,
10 fort nach Dresden! Käme er als Prinz oder Komödiant, als
Landjunker oder Betteljunge — er soll nur kommen! Sein
Weg ist der meine, er führe*, wohin er will!"

Nun war es fünf Monate darauf, im* August, wo in
dem kleinen Badeorte* Lauchstädt sich eine auserlesene Gesell=
15 schaft zusammengefunden hatte, die weniger um der Schwefel=
bäder als um des bedeutenden Verkehrs und der Kunstgenüsse
willen diese Stätte zu besuchen pflegte. Kein Badeort hat
jemals unter unscheinbarem Dache ein großartigeres Theater
besessen als Lauchstädt, denn hier spielten im Sommer die
20 weimarischen Schauspieler, und zwar alle jene großen Dichtungen
von Goethe, Schiller und Shakespeare, welche die Bühne zu
Weimar damals zur ersten in Deutschland machten.

Es war gegen Mittag, zu einer Stunde, da die Anlagen*
und Promenaden nur wenige Spaziergänger zeigten, als ein
25 schönes junges Paar in der Nähe des Theatergebäudes daher=
schritt. Aus einer Pforte des Musentempels trat ein Herr,
der den Schatten der Bäume gegenüber aufsuchte und darauf
langsam, die Hände auf dem Rücken, ihnen entgegenkam. Die
jungen Leute erkannten ihn und schienen zu schwanken, ob sie
30 ihn anreden sollten. Endlich faßten sie sich* ein Herz und gin=
gen ihm entgegen. „Verzeihen Sie, Excellenz," begann der
junge Mann, „daß ich es wage, meine Gattin und mich

Ihnen hier vorzustellen. Mein Name ist Rheinfelden, doch
habe ich unter einem anderen Namen mich Ihrer Güte schon
zu rühmen gehabt."

   Goethe sah den Sprecher befremdet an. Er erinnerte
5 sich des Namens Rheinfelden nicht, aber bald erkannte er die
Gesichter der vor ihm Stehenden. „Ei!" rief er. „Unser
Durchgänger*! Schöne Possen* hat er uns gespielt! Und
die junge Frau Baronin wagt* es mit diesem Übermut?"
Er war jetzt sehr liebenswürdig in der Unterhaltung, vernahm
10 mit Anteil, daß Franz und Charlotte seit einigen Wochen
vermählt seien und in Lauchstädt weimarische Theater-
erinnerungen erneuern wollten, die zu ihren schönsten Erleb-
nissen gehörten. Goethe lächelte freundlich, erzählte, daß er
eben einmal in der Probe nach* dem Rechten gesehen habe,
15 und ermahnte sie, abends ins Theater zu gehen, da Schillers
„Tell" gegeben werde. Franz hatte die Eintrittskarten bereits
in der Tasche. Plötzlich wendete sich Goethe zu Charlotte,
und auf ihren Gatten deutend, fragte er gleichsam unter vier
Augen: „Hat er denn endlich zu küssen gelernt, wie* sich's
20 gehört?"

   Charlotte zögerte mit einer Antwort, dann traten ihr
schnell die Worte auf die Lippen: „Er ist unter Ihrer Leitung,
Excellenz, in einer guten Schule gewesen." Allein Charlotte
errötete über ihre eigne Rede, denn sie hatte nur an die
25 Bühnenleitung gedacht und fürchtete, Goethe könnte der Äußerung* eine weiter gehende Bedeutung geben.

   Und er schien ihr in der That diese Bedeutung zu geben,
lächelte über die kleine Schalkheit und entgegnete: „Ei, sieh!*
Als ob es meiner Anleitung bedurft hätte! Freilich, er ging
30 bei seinen Studien eigentümliche und seltsame Wege. An
Gemälden unter Glas übte er sich zuerst, und so heiß war
seine Leidenschaft, daß der Winterfrost die Spuren seines

Hauches und seiner Lippen festzuhalten vermochte. Ich könnte Ihnen die Geschichte von einem wirklich gefrorenen Kusse erzählen!"

„O!" rief Charlotte, „ich kenne die Geschichte bereits
5 und bin nicht ohne Stolz, daß die Ähnlichkeit mit mir es war, die diesen Jüngling in Schuld stürzte! Er hat noch eine andere auf dem Gewissen — daß er seinen Platz als Rudenz leer gelassen. Vergeben Sie ihm auch diese!"

„Ihm müßte vergeben werden schon um seiner Fürsprecherin
10 willen!" Goethe reichte beiden die Hand. „Wir begegnen einander wohl öfter, wenn Sie noch hier bleiben," sagte er, sich verabschiedend. „Auf Wiedersehen * heute abend im ‚Wilhelm Tell‘!"

Auf Wache.

NOTES.

Page 15.

4. **Auf ein Uhr**: 'for one o'clock'. 'For one' would be **auf eins**; **auf** refers to future time fixed by appointment.

5. **in Mäntel gehüllt**: 'wrapped in cloaks'. Note that verbs of enveloping take **in** with the accusative.

7. **mit den atlasbeschuhten Füßchen**: 'with their small feet encased in satin shoes'.

13. **die Stirnseite war hell erleuchtet**: 'the façade was brilliantly lighted up'. **erleuchtet** means lighted from within; **beleuchtet** would mean 'with a bright light shining on it'.

14. **auf der Straße**: 'in the street'. **auf** is used thus with many other words: **auf der Post**, at the post-office; **auf dem Markt**, in the market; **auf einem Ball**, at a ball; **auf dem Schloß**, at the castle; etc. cp. note, p. 49, l. 28.

17. **die je nach Rang des Ankommenden Gewehr in Arm nahmen oder präsentierten**: 'who according to the rank of each (je) arrival shouldered or presented arms'. **je** has a distributive force.

22. **Treppenhause**: = **Treppe**: staircase.

22. **Gaben ihren Burschen die Mäntel ab**: 'handed over their cloaks to their attendants'. **Bursch** is a soldier who attends on an officer as his servant.

Page 16.

1. **stieg die teppichbelegte, blumenbestellte Treppe hinan**: 'ascended the carpeted staircase decked with flowers'.

2. **Gewandung**: 'attire', from **Gewand**, a garment.

3. in ſtrammer Haltung: 'with soldier-like bearing'. (ſtramm: rigid).

7. hochgebaut: 'of lofty stature'.

8. mit vollem, grauem, kurzgehaltenem Haupthaar: 'with a plentiful head of short cropped and grey hair.'.

10. Orden: 'orders'. Ordnung is order = arrangement; Befehl is order = command.

11. Jeder einzelne mochte glauben: 'each individual might well believe'.

13. ja manchmal ſchien es: 'nay, it often appeared'.

19. in gehobener Stimmung: 'in high spirits'.

25. hob dieſe Ähnlichkeit noch hervor durch genau nachgeahmte Barttracht: 'enhanced this likeness by an exact imitation of the cut of his beard'.

Page 17.

3. Formenfeſtigkeit: 'familiarity with social forms'.

4. etwas von läßlicher Kamerabſchaftlichkeit und ſelbſtverſtänd= licher Zugehörigkeit: 'something of that easy companionship which at once makes you feel at home'.

5. bem Mann im Bürgerkleibe: 'the civilian' (the man in the garb of a citizen).

9. in einem Stanbe, der ſich in gegliederter Ordnung barſtellt: 'in a class composed of graduated ranks, which are even out-wardly distinguishable'.

12. Fräuleinſtift: 'young ladies convent school'.

14. dem wie ſorgſam gemeißelten Antlitz: 'with a face as though carefully chiselled'.

18. geſchmeibig und fein: 'with suppleness and refinement'.

19. Gnäbig is a polite form of address to ladies, commonly used by gentlemen, where we use only Mrs. or Miss with the surname. 'May I have the privilege of being set down for a dance'?

24. ein leiſer Augenaufſchlag: 'a slight raising of the eyes'.

25. dieſe Hin= unb Wiberrede geſtellt war: 'with what delib-eration this dialogue had been set'.

27. Premier=Leutnant: the former word should be pro-nounced as in French. In the German army lieutenants are Pre= mier= (senior) or Seconbe= (junior) Leutnant.

28. ſo gut, wie: wie is the correlative to ſo; als only should be used after comparatives.

30. ſein jugendlich helles Antlitz: 'his bright youthful face'.

Page 18.

1. wohl auf lange Zeit: 'probably for a long time'.

2. benn es war ja: 'for was it not'? ja conveys the meaning that what is said is really known to the hearer.

8. mit wohlgegliederten Studaturarbeiten ꝛc.: 'with tastefully disposed stucco-work and on the ceiling fresh-coloured paintings on a mythological subject'.

12. hinter einem mit Epheu überſponnenen Gitter: 'behind a screen covered with a network of ivy'. (Gitter: grating).

22. blätterte in: 'turned over the leaves of'.

26. nicht tanzluſtig zu Mute ſei: 'was not in the mood for dancing', 'not inclined to dance'.

27. Ach ja. Kann mir's benken: 'Oh, yes. I can understand it', 'can well imagine it' (from ſich benken).

29. hartgeſottener: 'hardened' (lit. hardboiled).

30. bei allebem: 'in spite of it all'.

Page 19.

10. baß es außer ber Linie liegt: 'that it is not within our province'.

12. Der wachhabenbe Offizier: 'the officer on guard'.

16. Sekt: 'champagne', the colloquial name of Champagner, from Spanish 'vino seco', wine made of half-dry grapes, and rich in sugar.

21. lub ... ein: see note, p. 50, l. 30.

23. Avancements: 'promotions'. French words which, like this, are still pronounced as French, take s in the plural.

24. Verſetzungen: 'transfers', 'removals'.

25. bazu kommanbiert: 'ordered to take part in it'.

25. zwiſchen hinein: 'mixed up with all this'. zwiſchen is used adverbially for bazwiſchen = among the topics; hinein = into the conversation.

28. Sie kannten ja: 'you knew, didn't you, the Pole who is in to-day's papers'.

29. ſteht = es geſchrieben ſteht. Stehen is commonly used

with reference to books = to be written, to be found. e. g. Es
steht in der Bibel: it is written in the Bible.

Page 20.

1. Sie haben ihn ja ausgeliefert: 'but, you know, you deliv-
ered him up'.

10. als ihm noch kein Licht verstattet war: 'when he was as
yet allowed no light'. noch and schon are often confused, because
they may both in some cases be translated by 'yet'. As a rule
noch by itself = still, or yet, with a negative always = yet;
schon = already. Er ist schon ein Jüngling: he is already a young
man; er ist noch ein Jüngling: he is still, yet a youth; er ist noch
nicht ein Jüngling: he is not yet a youth. It will be easy to use
the two words correctly by remembering that noch refers to what
is not yet over and schon to what has already begun. e. g. ich
werde ihn schon sehen: I shall see him yet i. e. I shall see him
soon enough; ich werde ihn noch sehen: I shall not be too late
to see him. Das ist schon etwas: that is something to begin with
(though not so much as one might expect). Das ist noch ziemlich
viel: that is a good deal so far (more than one might expect).

11. auf eine Verwendung, die ich nicht kenne: 'at the instance
of some one unknown'.

16. militärische Fachwerke: 'to study professional military
books'. Fach, a division, compartment, is commonly also used in
the sense of a special branch of knowledge.

19. in fixe Ideen verrannt: 'hopelessly lost in fixed ideas'
(monomania).

23. zum Heerführer ausbilden: 'train himself to be a com-
mander'. zu is used as with verbs of making, appointing, etc.

28. Musikalien: 'music'; printed music generally (only used
in the plural); hence Musikalienhandlung: music-shop.

29. Noten is used of the (printed) music of particular pieces
or songs. Musik is the art. cp. note, p. 66, l. 14.

29. Noten in Partituren: 'he was fond of reading musical
scores'.

Page 21.

9. gelobte: 'promised', from geloben (which should be distinguished from loben, to praise). Hence Das gelobte Land: the
Land of Promise.

25. mit herzburchbohrender Stimme: 'with heart-thrilling voice'.

29. hüben und drüben: 'on this side and on that'.

Page 22.

2. in gefellschaftlicher Anregung: 'under the stimulating influence of society'. Distinguish Aufregung excitement, from Anregung stimulus, incitement.

3. dem Vorgesetzten: 'his superior officer'.

14. kam noch glücklich zurecht: 'he luckily arrived yet in good time, as the preparations were only just being made'. eben always = 'just', never = 'even'. erst = 'only' = 'not more than', 'not earlier than'. Er ist erst fünfzehn Jahre alt: 'he is only fifteen' (= not more than; not nur fünfzehn). Ich habe ihn erst Montag gesehen: 'I only saw him on Monday' (= as late as). Ich sehe ihn erst morgen: 'I shall only see him to-morrow' (= not till).

20. Touren: 'figures' (in the cotillion).

23. daß H. eine besondere Gunst zu teil geworden (sc. sei): 'that H. had received a special share of favour'. Hauenstein is of course dat.

24. blutarm: 'miserably poor'. Blut is used at the beginning of a few compounds to express an extreme negative: cp. blutwenig (= bloß, upper German 'blutt' = very).

27. vierhändig spiele: 'played duets with'.

31. das zu weitergehenden gesprächsamen Verunglimpfungen herausforderte: 'which challenged the talkers to further depreciation'.

Page 23.

1. sich subordinieren zu lernen: see note, p. 76, l. 23.

4. ihr gehöriges Teil: 'quite her share of'. Teil in the sense of 'share' is neuter; when it means 'part' it is masculine.

7. fragten nach: 'troubled about'.

14. schlagen Sie es sich aus dem Sinn: 'dismiss it from your mind'.

20. war und blieb doch: 'G. was and would remain after all'.

22. zu Tische zu führen: 'to take in to supper'.

25. Sie entschuldigte sich auf einen Augenblick: 'asked to be excused for a moment'.

31. Schwermutsmiene: 'air of melancholy'. The ß of the genitive at the end of feminine nouns in the first part of a compound is to be explained from the Latin genitive. Through the influence of such genitives as religionis, universitatis arose the compounds Religionskrieg, Universitätsgebäude; the analogy of these words caused the ß to be added to German feminines, hence Freiheitsliebe, Liebeslied, Rechnungsrat.

Page 24.

1. Es paßt nicht hier herein: 'it does not suit the present occasion'.

2. irgend Trauriges = irgend etwas Trauriges.

3. herein bannen: 'call it in here'.

5. auf Wache ziehen: 'mount guard'.

11. wo nicht = wenn nicht.

15. Stoßen wir an auf die Hoffnung: 'let us drink to the hope'. lit. clink glasses, a very common practice in Germany.

19. eins zum andern: 'one to another'. The neuter is sometimes thus used in German probably owing to Mensch having at one time been neuter.

28. steckte: stak is the more correct form of the intransitive verb; steckte is properly the transitive imperfect.

31. Kasino: 'the mess'.

32. Bullen: 'bottles' (corrupted from the French bouteille).

32. Komm mit! 'come along'. mit is very commonly used thus adverbially, especially with verbs of motion.

Page 25.

1. entschuldigte sich, er sei: 'excused himself, saying he was' (or daß er ... sei; Subj. in indirect speech).

1. müsse morgen auf Wache sc. ziehen: verbs of motion are often omitted after the auxiliaries sollen, wollen, dürfen, müssen, (also lassen) e. g. soll ich mit: 'am I to go with you'?

3. Dir: intimate friends as well as relations call each other Du in Germany. Children under fourteen are also addressed as Du (pl. Ihr).

3. zu einer Whistpartie: 'for a rubber'. Whist was borrowed from England; it is played much in the same way, except that

the ten counts as an honour. Partie is commonly used in the sense of 'a game at cards'.

4. Punſchbowle: 'provide a bowl of punch'. Both these words are borrowed from English. Punch however is originally derived from the Sanskrit pancha, five, because there are properly five ingredients. Bowle (pronounced Bole), is ordinarily used of the drink, not the vessel, as we use 'cup' (claret-cup etc.) Many kinds are made of light wine flavoured with fruit e. g. Maibowle, Erbbeerbowle ꝛc.

Chapter II.

Page 25.

9. Kaſematten: 'casemates', bomb-proof chambers for cannon.

11. Gefangener is the gen. plural. (see note, p. 78, l. 16.)

12. wegen Duell: 'for duelling'. A year's imprisonment is the ordinary punishment for killing an adversary in a duel. Most offenders are however liberated before their time is up.

13. das Jahr 1850: the revolutionary movement had taken place in 1848.

15. Häuſergewirre: 'labyrinth of houses'.

16. die Vorgeſchobenen: 'the interposing', 'out-lying'.

16. darüber hinaus: 'over and beyond them'.

19. ließ ſich geben: 'asked for'.

25. Pritſche: 'camp-bed': a wooden couch in a guard-room.

27. um Beiſtand bat: to ask for (in order to obtain) is always bitten um (never fragen für); fragen only means to ask = to question: fragen nach: to ask for, about.

- 28. durchgebrochen: 'broken through the line of guards', 'escaped'.

Page 26.

1. weiß mir nicht mehr zu helfen: 'am altogether at a loss what to do'.

4. thut ſich ein Leid an: 'will do himself an injury', 'lay hands on himself'.

9. Advokatenſchreiber: 'a lawyer's clerk'.

11. zu dem Manne in die Zelle: 'to the man in his cell' (not in der Zelle).

15. was gibt's: 'what's the matter'?

16. liegt im Sterben: 'is at the point of death'.

17. stänbig: generally beständig: 'constantly'.

26. Glauben an: 'belief in'; eine Sache glauben (acc.); einer Person glauben (dat.).

30. zur gesetzten Minute: 'at the minute fixed': more usually festgesetzten.

Page 27.

4. sich Ihnen das tausendfach vergelten: 'may that be repaid to you a thousandfold'. Das is the subject.

9. Bericht erstatten: 'report the matter to'.

15. es sei: 'so be it'.

29. des Weges: the genitive of place, common with Weg.

Page 28.

1. So geh' nun: 'well then, go'; ich komme balb nach: 'I will soon follow'. (nach used adverbially like mit).

4. Tubus: more commonly Fernrohr; 'glass'.

6. kommt herangeritten: 'comes riding up'; after kommen a past participle of verbs of motion is used, where in English the present participle is employed.

8. ist's um Dich geschehen: 'it is all over with you'.

15. was barauf steht: 'what the penalty is'.

19. gesenkten Hauptes: instead of this descriptive genitive which is not uncommon, the absolute accusative might be used: das Haupt gesenkt.

20. traten unter Gewehr: 'got under arms', 'turned out'.

26. wie ist es nur möglich: 'how is it at all possible'.

27. beweglich: 'impressively'.

28. denen kein Eid heilig scil. ist.

29. dem Großen und Ganzen nicht Treu' und Glauben halten: 'do not keep faith with the state as a whole'.

Page 29.

10. in d. Generalstab zu kommen: 'to get a staff appointment'.

11. hat es im Innern gehalten mit: 'in his heart he sympathised with the revolutionists'.

Chapter III.

16. bei der zahlreichen: 'owing to the numerous' etc.; a common use of bei is in connection with contemporaneous circumstances or events.

20. Kamin: 'fire-place'; this is not common in German houses, stoves being the rule. see note, p. 41, l. 5.

29. siehst Du so finster drein: 'why is your gaze so dark'?

Page 30.

2. tanzest: 'were dancing', pres. subj. which may be used instead of the imp. subj. even after a past tense.

3. Es war mir auffällig: 'it arrested my attention'.

6. Du hältst ja auch viel auf ihn: 'you think a good deal of him too, to be sure'.

7. wie ein guter: wie and so are often placed before the definite article, instead of ein wie guter, ein so guter.

8. nichts Ungebührliches dabei: 'nothing unseemly in it'.

12. Tyrannenvater: 'tyrant of a father'.

14. in etwas einließest: 'let yourself in for anything'.

16. zugewendet war = 'shall have been directed'.

19. bevor : see note, p. 71, l. 17.

21. gib acht: 'mark me'!

23. drängte zu keiner Antwort: 'did not press for any answer'.

32. die Hauptsache: 'the gist of it'.

Page 31.

2. hat sehr viel Wohlgefallen an Deiner Photographie gefunden: 'was very much pleased with your photograph'.

3. Deiner seligen Mutter: 'your poor mother'. (selig lit. blessed = dear dead, in heaven).

4. nur noch einen Brief: 'only a letter besides'.

6. einen ostensiblen Brief u. s. w.: 'a letter which is ostensibly addressed to me exclusively'.

10. Gib Dich nur ganz unbefangen: 'you had better be quite candid'. nur is often used with the imperative = pray.

16. liegt gar nicht in seiner Kompetenz: 'lies altogether outside his authority'.

19. befahl, daß man sein Pferd sattele is more formal than ließ sein Pferd satteln.

21. Gabrielen: dative, see note, p. 85, l. 30.

23. Oberleutnant = Premierleutnant.

31. das hatte er vor: 'that's what he was about'.

Page 32.

1. Wie konnte er nur: 'how could he go and'...

2. so um nichts: 'for a mere nothing'.

6. nichts mehr der Art: 'nothing more of the kind'.

8. noch zur rechten Zeit: 'before it was yet too late'.

15. sah ihn nachkommen: see note, p. 58, l. 23.

17. Welch is regularly uninflected before the indefinite article; was für ein might have been used instead.

20. bevor die Ronde eintreffe: 'before the patrol came round'.

23. sondern is used instead of aber after a negative, if the subject or the verb is the same as in the preceding clause.

24. wollte davon, konnte nicht davon: 'wanted to get away, but could not'. (see note on p. 25, l. 1.)

27. man es dem Leutnant nicht entgelten lassen: 'should not let the lieutenant suffer for it'; lit. that one should not let it be repaid to the lieut. entgelten has a passive sense, the active inf. being always used instead of the passive with lassen, e. g. ich lasse ihn schlagen, I have him beaten.

28. auf eine Stunde: 'for an hour'.

32. Teilte er Gabriele das mit, so war es wie ein Einverständnis: 'if he communicated it to G., it would look like acquiescence' (on his part, viz. in her feelings towards Hauenstein).

Page 33.

1. So is the correlative to wenn, whether the latter be expressed or understood.

4. Zeit seines Lebens = die ganze Zeit seines Lebens: 'as long as he lives'.

6. Es hieß, sie sei ausgefahren: 'they said, she had gone out for a drive'.

12. setzte sich zu Gabriele in den Wagen: 'seated himself beside G. in the carriage' (not in dem Wagen).

24. Es war am Abend: 'it was evening'. The article is

used with the names of parts of the day, as well as with the names of the days.

25. beim Thee: the same is the case with the names of meals; beim Frühstück, beim Essen, at breakfast, at dinner.

Page 34.

1. den beweglichen Brief: 'the affecting letter'.

4. stand in vollem Glanze: 'stood out in full relief'.

4. Tief erschütternd war 2c.: 'deeply moving was the description of the bitter moment when'. erschütternd is of course an adverb.

6. Eine Briefstelle: 'one passage in the letter'.

10. Martyrium: more usual would be Märtyrertum or Märtyrertod.

11. auch geboten: 'called for as well'?

18. eine längere Festungshaft abbüßen: 'had to undergo imprisonment in a fortress for a lengthened period'. The comparative is often used thus in German, meaning rather less than the positive, e. g. Eine große Stadt: a large town, eine größere Stadt a town of some considerable size (above the average size); eine alte Dame an old lady; eine ältere Dame an elderly lady.

19. der Düppeler Schanzen: 'in storming the redoubts of Düppel' in the second Danish War (1864).

Der gefrorene Kuß.

NOTES.

Page 41.

3. „Weimarischen Kunstfreunde" the name by which the
art society in Weimar was known. Weimar, the capital of
the Grand Duchy of Saxe-Weimar-Eisenach, has been called the
Athens of Germany, having been its literary centre during
nearly the whole of the classical period, from the time Goethe
was summoned there by the Grand Duke Karl August in 1775
down to the poet's death in 1832.

5. Vorbereitungen zum Einheizen: 'preparations for lighting
the fire'. Einheizen refers to stoves, which are regularly used in
German houses instead of open fire-places. They are less expen-
sive and troublesome and produce a more equable temperature,
but are less healthy than open fire-places.

6. daher denn 'and so'. denn is very commonly used to express
that what follows is a natural result of what has just been said;
almost = 'naturally', 'of course'.

8. In seinen Mantel: note that verbs of clothing, enveloping etc. take in with the accusative.

9. machte den Führer: 'acted as guide'. Hofrat: lit. 'court-
councillor'; one of the numerous titles of honour regularly used
with the surname, where we should simply say 'Mr.' It is a dis-
tinction conferred on civilians, chiefly as a reward of literary
merit.

11. eine Überschau des Vorhandenen: 'only to give the other

two a general view to begin with (erſt) of what was there'. —
ben beiben: 'the two'; when there are only two, beibe is generally
used instead of zwei.

14. anzuhaben: 'to affect'.

16. Johann Heinrich Voß (1751—1826), chiefly noted for his
translations of the Iliad and the Odysses, into hexameter verse,
and for his „Luiſe", an idyll, which suggested to Goethe the idea
of writing „Hermann und Dorothea".

17. Gymnaſium is the name of the German public school,
corresponding rather to our 'grammar school'. They are day-
schools regulated by government. There are very few schools
(Ilfeld, Schulpforta) in Germany at all similar to our public
schools. Turnanſtalt is the German for 'gymnasium' in the English sense.

18. in den langen Überrock: see note, p. 41, l. 8.

Page 42.

4. das Frembartige wegbringen: 'to remove the strange
substance'.

8. um ſich endlich 2c.: 'till they at last arrived at a common
conclusion (lit. assumption) as to the cause' etc.

14. Charitas: generally Charis or Grazie, one of the graces.

14. Leonardo da Vinci: (1452—1519) a Florentine by birth,
was one of the greatest artists that ever lived, great as a painter,
a sculptor, and an architect.

15. Riepenhauſen: (1765—1840), best known for his engravings
from Hogarth.

16. Aquarellfarben: 'water-colours'.

20.. gebämpfte Farbenton: 'the mellowed colouring'.

30. nach Gewahrwerden dieſer liebevollen Teilnahme: 'after
noticing this loving sympathy'. Note that when an infinitive is
used after a preposition, it becomes a substantive and cannot
govern an object like the verbal noun in English.

Page 43.

3. bergleichen: is properly a genitive plural with the ellipse
of an accusative (etwas) governing it = 'something of the likes
of these things'.

4. bei ungeheizten Zimmern: 'before the rooms were heated', lit. 'with rooms (yet) unheated'. Bei is very commonly used thus with qualifying and accompanying, of contemporaneous circumstances or events = wenn or als with the verb sein. e. g. bei schlechtem Wetter = wenn das Wetter schlecht ist.

6. erstarrend sich konsolidierte: 'which congealed to solid ice'.

12. wir Eingeweihten: 'we who were in the secret'; lit. 'initiated'.

20. in etwas knapper Weise: 'somewhat abruptly'.

24. begütigend: 'reassuringly'.

25. erinnerte sich denn: 'and so H. recalled to mind'. denn = in consequence of being reminded, see note on page 41, l. 6.

27. Abonnementskarte: 'season ticket'. „abonnieren" is to subscribe for a lengthened period, by the month etc., to anything for one's own advantage or entertainment, such as balls, concerts, exhibitions, newspapers, meals at an hotel etc. It must not be used of subscribing to charities.

31. Würden Sie wohl: 'do you think you would'.

32. Ei, ich denke: 'Oh yes, I do'.

Page 44.

7. auf die Schliche zu kommen: 'to track'; lit. 'to get on his secret paths'. Schlich means a by-path, secret path, then, trick, wiles.

10. ein zart besaitetes Gemüt: 'a delicately strung temperament'.

11. unter uns bleiben: 'let the matter remain entre nous'.

14. unter eingehenden 2c.: 'while Goethe and Meyer discoursed on details of art, young Voss listening attentively'; eingehen: 'to go into the matter, to go into detail.

17. noch anderer Besucher: 'of other visitors besides'.

22. Exzellenz: 'Your Excellency', in virtue of Goethe's position as 'Geheimrat' (privy councillor), a dignity conferred on him by the Grand Duke in 1779.

25. die wir durchaus sehen müßten: 'which, he said, we must be sure to see'.

30. Philologe: Certificated Secondary Teacher, (are all University men). The English 'philologist' is Sprachforscher. Translate simply: 'scholar'.

31. ohne Humor: 'without amusement'.

Page 45.

2. beim Aufstellen = als er aufstellte. cp. note, p. 43, l. 4.

7. aber mit seiner Vielgeschäftigkeit ꝛc.: 'but was often not very well pleased with his busybody ways and obtrusively consequential airs'. Wichtigmacherei formed from sich wichtig machen, to give oneself airs.

14. Herr Geheimrat: it is usual in Germany to address gentlemen by their rank or title instead of their surname: as we do in a few cases, e. g. Mr. Solicitor General. Even the wife is commonly addressed by her husband's title, with or without adding the fem. suffix ꞏin, e. g. Frau Oberkonsistorialrat or ꞏrätin, lit. 'Mrs. Head Councillor of the Consistory'.

17. Göttingen: a noted university in the South of Hanover, founded by George II. of England in 1737.

29. ist von der Wärme etwas angeschlagen: 'it is a little moist from the heat'.

Page 46.

2. Charlottens: cp. note p. 85, l. 30.

7. Voß: might be Vossens, as German names ending in sibilants regularly take ꞏens in the genitive singular (cp. note, p. 85, l. 30.).

18. Er versteht sich auf: 'he is a connoisseur of'.

21. Frau Direktorin: see note on Herr Geheimrat, above.

30. gab er sich jugendlich harmlos, wie er war: 'he behaved like the guileless youth that he was'. harmlos may in some connexions be translated by 'harmless', but its exact meaning is 'thinking no harm', i. e. innocent, while 'harmless' is 'doing no harm'. — wenn immer in einer Stellung: 'in spite of his position'.

Page 47.

4. Im Böttigerschen Hause: 'at the Böttigers' house'. It might also be: In Böttigers Hause or more colloquially bei Böttigers.

12. durchzubringen: 'to make way with her', 'to secure her good graces'.

18. in einer gewissen akademischen Vornehmheit: 'in a kind of academical atmosphere of high breeding'.

20. den Studenten kaum abgestreift: 'had scarcely got beyond their undergraduate days'. lit. stripped off the student.

26. $\Re$am fie gleich = obgleich, wenngleich fie fam.

27. größeren: does not mean exactly larger than Weimar, but is used as the comparative often is in German, where we simply use the positive, 'a large town'. (cp. note to page 34, l. 18). Goethe (1749—1832), Schiller (1759—1805), Wieland (1733—1813), and Herder (1744—1803) are four of the six greatest writers (the other two are Klopstock and Lessing) of the classical period of German literature (1748—1832).

31. machte die Geselligfeit großstädtisch lebhaft: 'gave social intercourse all the liveliness of a capital'.

Page 48.

1. es nie an Anregung mangelte: 'there was never any want of stimulating influences'. cp. note, p. 22, l. 2.

5. zur schönen Litteratur blieb er in nächster Beziehung: 'kept up a close connexion with belles lettres'.

7. Der deutsche Merfur was a journal which Wieland founded in 1773, and continued from 1790 to 1810 under the title of Der neue deutsche Merfur. In the former appeared two of Wieland's most important works, Die Abberiten and Oberon.

15. Charlotte nicht zu Gehör gefommen: 'had not reached the ears of Charlotte'. Charlotte the uninflected dative, which is commonly used instead of Charlotten.

18. Schillers dramatische Thätigfeit: nearly all Schiller's best plays were written about this time: Wallenstein 1799; Maria Stuart 1800; Jungfrau von Orleans 1801; Braut von Messina 1803; Wilhelm Tell 1804.

23. wäre schön angefommen: 'would have got into a fine scrape'. schön is of course ironical.

26. so eigen: 'so significantly' eigen lit. peculiarly.

Page 49.

13. Wohnung: 'rooms'.

14. auf dem obersten Absatz: 'on the top landing-place'.

28. auf die Post: 'to the post-office', note that the prep. auf is always used = 'to' (with acc.), 'at' (with dat.) with Post, Marft, Straße, Ball, Insel, Land (in opposition to town), and some other words.

29. Probe: 'rehearsal'.

29. beim Nachhausegehen = als er nach Hause ging. cp. note, p. 43, l. 4.

Page 50.

3. Hausflur: 'entrance-hall', which is generally large in Germany, the houses being built in flats.

4. sein Gegenüber: 'his vis-à-vis'.

8. der angehende Gelehrte 2c.: 'the novice in letters looked upon the novice in the histrionic art as far below him'.

14. Lebensart: 'manners'.

19. auf sein Herein: 'upon his saying 'come in'.

25. bei unserer Nachbarschaft: 'considering, owing to, our being neighbours'.

30. einlud: einladete is the more correct form; but by a confusion of laden (lud, geladen) to load, with laden (ladete, geladen) to invite, the former is very frequently used for the latter.

30. Platz zu nehmen: 'to take a seat', to be seated; note that 'to take place' is stattfinden.

31. Wenn Sie ... gelesen: in subordinate clauses the auxiliary verb is frequently omitted.

Page 51.

10. zu meinem Vertrauten zu machen: verbs of making, choosing etc. regularly take zu with dat., instead of the simple accus., to express the object of the choice, etc.

18. dämmerte ihm: 'dawned on him'.

23. bezogen: 'came to live in'; beziehen meaning 'to begin the occupancy of' a house or rooms.

24. Jena: a small university town in Thuringia, about 12 miles from Weimar.

26. des Dichters der ‚Luise‛: cp. note on Voss, p. 41, l. 16.

Page 52.

4. ließ es an Höflichkeit nicht fehlen: 'was not wanting in politeness towards him'.

6. zum Theater gegangen: 'gone on the stage'.

9. fragwürdige = fragliche: 'questionable'.

16. bin ich einmal im Stanbe: 'I shall some day be in a position': present for future.

25. sehr unterrichtet und geistig strebsam: 'very well informed and with high intellectual aspirations'.

26. Studienfach: 'branch of study'.

27. mit den philologischen Wandlungen vertraut: 'well versed in what was going on in the philological world'.

32. in welchen Boß besser Bescheid wußte: 'in which V. was better posted (more at home)'.

Page 53.

9. sonst jemand: 'any one else'.

12. sich seinen Gesang selbst begleitete: 'accompanied himself'. sich dative.

28. etwa bei der Aufführung: 'on some such occasion as the performance'.

Page 54.

14. Er ist eben: 'the fact is, he is a magician'. Note that eben means 'just', never 'even', which is selbst, sogar.

21. sein Leben, seine Zukunft lag nicht so plan: 'his future life lay not so smooth and obvious before him'.

27. einen Liebhaber zu geben: 'to act, play the part of, a lover'.

28. es sich nicht verdrießen ließ 2c.: 'did not spare himself the irksome task of sacrificing his time even for the rehearsal of a piece of Kotzebue's'. Kotzebue (1761—1819) wrote upwards of 200 plays, some of which were very popular at the time. He was most successful as a writer of comedies.

Page 55.

8. in der Kulisse: 'behind the scenes'.

9. unter vier Augen: 'secretly'.

11. Ein Herz gefaßt! 'take heart'. past pass. part. used imperatively = sei gefaßt.

18. in sein Inneres zurückschreckte: 'shrank back into himself'.

21. durch Verlautbarung des Geheimnisses: 'by the secret leaking out'.

27. in einer gesteigert unbehaglichen Gemütsverfassung: 'in a frame of mind the discomfort of which was but enhanced'.

Page 56.

5. das benachbarte Weimar: see note on Jena, p. 51, l. 24.

10. stieß bei ihm selbst doch auf Bedenken: 'after all stirred up doubts in his own mind'. stieß auf: came upon, encountered.

26. Wilhelm Meister: a novel by Goethe in two parts, the first being Wilhelm Meisters Lehrjahre (1796) and the second Wilhelm Meisters Wanderjahre (1821). It recounts the experiences of a young man who begins life by joining a troupe of actors.

Page 57.

1. ein wohlhabender Bürgerssohn: 'well-to-do son of middle-class parents'.

4. mit so einer erfundenen Büchergeschichte: 'merely with an invented story in a book'.

6. mit einem solchen Subjekt: 'with such a specimen'. Subjekt is used contemptuously of persons = 'worthless individual'. 'Subject' (of a king) is Unterthan; when it means 'a thing' it is Gegenstand. Subjekt is used like the English subject in the grammatical sense e. g. das Subjekt eines Satzes: the subject of a sentence.

13. Dieses Wort im Herzen: 'with these words in his heart'. a kind of absolute accusative, to be explained by the ellipse of „habend".

14. das Sommersemester: 'the summer term'. The German academical year is divided into two halves called Semester.

16. Jungfrau von Orleans: see note on Schiller, p. 48, l. 18.

23. seine Schule und Oberaufsicht: 'his schooling and supervision in the theatre itself'.

24. in einer Erregung, daß: 'so excited that'.

Page 58.

2. öfter = oft; comp. for positive.

4. Vorsichtsmaßregel: note that Maß is 'measure', of size, Maßregel is 'measure' = course of action.

5. feinen afabemifchen Zufammenhang: 'his connexion with the university' in Jena.

6. nach wie vor: 'as hitherto'.

7. machte fich auf ben Weg nach ber Nachbarfchaft: 'made his way to the neighbourhood'.

13. es galt immer noch Vorficht: 'precaution was still a matter of importance'.

18. alle feine Lebensgeifter beherrfchte: 'swayed the spirit of his whole being'.

21. Erbgefchoß: 'ground-floor': also very commonly called Parterre.

21. ein Pußgefchäft betrieb: 'kept a milliner's shop'.

23. fah ... aus= unb eingehen: note that the verbs fehen and hören are not followed by a present participle, but by the infinitive without zu.

25. von einer älteren Dame: 'by an elderly lady'. cp. note on größere Stabt p. 34, 1 18 and p. 47, l. 27.

26. connect vom ... an = from.

29. foften: may take the acc. as well as the dat. though it is derived from Lat. constare.

32. bes Gymnafialbireftors: 'of the head-master of the grammar-school'.

Page 59.

7. es galt: 'it was of moment'.

11. bei feiner Neigung: 'owing to his liking for'.

19. mit fo verhängnisvoll anbeutenben: 'with words of such momentous significance'.

20. ba er boch: 'whereas'. the boch gives ba an adversative meaning.

27. an fich: 'naturally' lit. in itself; an unb für fich = 'considered in itself'.

29. „es fein follte": 'who it was said to be'; ober ber es gewefen: or 'who it had been' (scil. wäre).

Page 60.

6. fich genugfam eingeprägt: 'had impressed his person on his mind sufficiently'.

12. ein Gefpräch unter vier Augen: 'a tête-à-tête'.

13. von meinen Befuchen her: 'from my visits'.

19. was man von mir gesehen haben will: 'what people pretend to have seen me doing'.

24. klappte sich sofort zusammen: 'closed immediately'.

28. nötigte Franz zum Sitzen: 'pressed F. to be seated'.

30. zu jedem Gegendienst erbötig: 'I shall be ready to do you any service in return'.

31. Ach, es ist ja schon so reichlich: 'it is really plenty as it is' (schon so), i. e. you have done quite enough by giving me a thaler.

Page 61.

9. Ich bin immer nur 2c.: 'I have always been asked about you only, if it was you'.

17. Es wäre gut, sagte er: 'it was all right he said'. wäre is of course indirect, depending on sagte.

30. Er hätte denn über Nacht 2c.: 'he must otherwise have been locked up in it all night'. — denn is very commonly used elliptically in this way with the subjunctive: (If it was the case), then he must have.

Page 62.

8. empfahl sich: 'took his leave'.

9. hinausgeleitete: 'saw him to the door'.

14. den Verdacht, als for als ob = daß ... führen könne.

16. nicht recht gewesen wäre: 'would not have pleased'.

22. seines Wesens: 'of his disposition'.

29. Es wurde vorgelesen 2c.: 'there was reading aloud, reciting, playing'.

30. die Unterhaltung blieb stets auf einer künstlerischen Höhe: 'the conversation turned on art, always maintaining a high level'.

31. in weihevoller Feststimmung: 'with mystic exultation'.

Page 63.

5. nicht eben leicht: 'not exactly easy'; eben never means 'even'.

6. etwas fremd: 'somewhat distant'.

13. ihren Herrn Gemahl: 'her husband'. Herr, Frau, and Fräulein are regularly used in German by acquaintances speaking of each other's relations: e. g. Ihr Herr Vater, Ihre Frau Gemahlin, Ihre Frl. Schwester. Mann and Frau, which are the

familiar terms for husband and wife, cannot be used in this way. One can only say e. g. Dein Mann, Deine Frau.

Page 64.

5. noch fpät: 'late though it was'.
10. daß Dir baran gelegen scil. fei: 'that you cared'. Dir: they now call each other Du, as intimate friends.
18. in ber zweiten Garnitur mitzulaufen: 'to play the second fiddle' lit. 'to run in the second set'.
20. was etwa vorgehen wird : 'what is likely to be going on'
24. barfft barin bis ins Ungeheure gehen: 'you may go to immense lengths in this'.
26. von Herber auch wohl: 'of H. too, possibly'.

Page 65.

3. in etwas zurückhaltenb prüfenber Weife : 'in a rather reserved and critical fashion'.
7. heiter unb harmlos: 'in a cheerful and guileless way'.
15. in Reicharbts Kompofition: 'composed by Reichardt'. J. F. Reicharbt (1752—1814), a prolific composer and writer on musical subjects. He is chiefly noted as a composer of simple and popular songs and as having successfully set a number of Goethe's poems.
16. fühlte fich im Innerften burchriefelt 2c.: 'this pure maiden voice sent a thrill through F's. inmost soul'.
20. Klavierauszug ber Zauberflöte: 'somebody opened the pianoforte score of the 'Magic Flute'. The Magic Flute is the most celebrated opera of J. C. A. W. Mozart (1719—91), one of the greatest of musicians.
25. etwas Mehrftimmiges: 'some part singing'.
26. Da, hier gleich 2c.: 'why, here the first thing we find is the charming duet'.
28. Aber wir haben ja: 'but we actually have'.
30. Er hat ... vorgefungen: 'I have ere now heard him sing airs from the Magic Flute'. vor when compounded with fingen, fagen, pfeifen, and verbs of similar meaning, has the force of to sing etc. to one who is listening.
32. an bas Klavier nötigenb: 'pressing him to sing'.

8*

Page 66.

2. wußten nicht, wie ihnen geschah ꝛc.: 'hardly knew what they were about, when they suddenly found themselves standing alone side by side as Pamina and Papageno' (the heroine and hero of the 'Magic Flute').

4. schlug bereits an: 'was already beginning to play'.

5. es galt zu beginnen: 'a beginning had to be made'.

10. herausgelöst: 'brought out'.

11. spendete: note that this verb never means 'to spend' but only 'to bestow', 'give freely'.

12. Heft: 'a book of R.'s songs'. Buch would not be used for a book of music.

14. die Noten: 'the music', is always used of written music (Musik only of music which is heard), e. g. bringen Sie Ihre Noten mit: 'bring your music with you'.

19. ben „Fischer": one of the finest of Goethe's ballads, beginning: Das Wasser rauscht', das Wasser schwoll.

31. als so gewöhnlich: not 'so usually', but 'usually, as you know'; so is frequently thus used not to emphasize, but to express that the matter is well known to the listener. For instance a person might say in a shop „ich möchte so silberne Knöpfe" = I want some silver buttons, you know the kind.

Page 67.

8. ließ es babei bewenden: 'adding nothing further'.

31. gab sich: 'behaved'.

Page 68.

1. Theetisch: the evening meal (generally about 8 o'clock) called 'tea' is a kind of supper.

4. Man kam auf ... zu sprechen: 'the conversation turned to'.

9. Livländer: 'a Livonian'. Livonia, a province which came into the possession of Russia in 1721. A large proportion of the population is German. Dorpat, the chief town, is the seat of a University founded in 1632 by Gustavus Adolphus. The lectures are conducted in German.

11. Der also! 'it was he then'.

13. Brach er auch = wenn er auch brach.

14. ſo waren ja = 'had not months passed'?

14. konnte nichts auf ſich haben, barüber zu ſprechen: 'there could be no harm in speaking of it'.

22. verſchwiegen wiſſen wollte: 'wished to have kept secret'.

25. Franzens: see note, p. 85, l. 30.

Page 69.

1. über das Erſchrecken hinaushalf: 'could save him from starting'.

6. ber Bann: 'the spell'.

15. Zacharias Werner (1768—1823), one of the chief dramatists among the followers of the Romantic School.

16. ohne weiteres: 'without more ado'.

22. ber Tempelritter auf Cypern: 'the knights templars in Cyprus'. „Die Söhne bes Thals" consists of two dramas, representing the fall of the order of Templars, the first part being „bie Templer auf Cypern".

25. räuſperte ſich etwas vernehmlich: 'coughed somewhat audibly'.

27. welches auf große Anerkennung lautete: 'he only added (noch) a summary of his estimate couched in terms of warm appreciation. The piece was, he said' etc.

30. es müſſe burchaus an eine Darſtellung gebacht werben: 'a representation on the stage must decidedly be thought of'.

Page 70.

2. mußten es auf ſich beruhen laſſen: 'had to let it pass'.

7. erſt recht: 'more than ever'.

14. unb einmal im Bekennen (ſeienb): 'and now he was once confessing'.

17. Drang zum Theater: 'his strong inclination for the stage'.

30. eines Göttinger Profeſſors: 'of a Professor of Göttingen'. These so-called adjectives formed from the names of towns are really genitives plural (of the name of the inhabitants), a fact which would be sufficiently proved by the capital initial and the absence of inflection.

Page 71.

17. bevor, as well as eђe, is a conjunction only; vorђer and eђer, before, sooner, are adverbs only; vor, before, is a preposition only.

22. ganȝ Geђör wurde: 'became all ear'.

26. ſie wußte iђn: 'she knew him to be'.

Page 72.

3. ſie brauchte, ſie wollte iђn ſchuldig: 'she required, she wanted him to be'.

6. mit ſeiner Laſt von Sorgen ſich durchringen: 'struggle on with his burden of cares'.

10. nichts begegnet: 'nothing had happened that was of consequence outwardly'.

15. ja die Aufführung ſtände noch in Ausſicht: 'nay, there was a prospect of its being put on the stage this very winter'.

26. der Familie Schiller: 'the Schiller family', cp. note, p. 47, l. 4.

27. Bedeuten, Titel und Stoff: 'import, title, and subject'.

29. machte keine Anſtalten: 'made no move'.

31. kein rechtes Glück: 'no particular luck'.

Page 73.

1. Endlich hieß es: 'at last it was rumoured'.

2. ausgeſchrieben würden: 'were being appointed'.

5. Was ſoll dieſe verwünſchte Vornehmthuerei: 'what's the meaning of putting on these accursed airs'?

8. ſpinnen ſich in albernes Geheimnis: 'weave about themselves a web of foolish mystery'.

11. Ein buntſcheckiges Ding, worin ... gekocht ſind: 'a motley thing, in which the standpoints of all ages are jumbled up'.

15. Zeitcharakter völlig verkehrt iſt: 'the character of the times is completely misrepresented'.

20. mit ſeinem großen Freunde: Goethe, of course; groß in the sense of eminent, illustrious.

26. Wilhelm Tell: Schiller's last drama, see note, p. 48, l. 18.

31. bietet vielleicht einen ungefähren Anhalt: 'perhaps affords something on which to found an approximate estimate'.

Page 74.

4. fuhr Herr Böttiger auf: 'cried Mr. B., starting up'.

9. nun ja doch: 'well yes, of course'.

11. Bringen Sie mir nur getrost bie Rolle, ich will's schon vertreten: 'you need have no misgivings in bringing me your rôle, I will answer for it myself'.

15. Ich bedaure recht sehr, nicht barauf eingehen zu können: 'I regret very much not to be able to accede to your request'.

20. biese Wendung: 'this remark'.

27. Ein Subjekt vom Theater: 'a low fellow from the stage', see note, p. 75, l. 6.

Page 75.

3. auch schon etwas Besonderes: 'thereby to be something out of the way themselves'.

4. Dioskuren: the Dioskuroi Castor and Pollux, the twin sons of Jupiter, who were inseparable as long as they lived.

5. Karren: in a depreciating sense.

8. gerabezu Sklaven: 'downright slaves'. gerabezu is an adverb, of course = absolutely, out and out.

23. Ihnen gegenüber hätte ich allerbings: 'with regard to you, I certainly have' etc. The subjunctive is often used thus in assertions instead of the indicative.

Page 76.

16. Freubentaumel: 'an ecstasy of joy'.

21. so fremb Sie mir noch waren: 'though you were still a stranger to me'.

23. fortleben heißt: 'bids me live on'. Besides the auxiliaries of mood, the verbs sehen, hören, fühlen, heißen, machen, lassen, lernen, lehren, helfen, take the infinitive without zu.

31. es rauschte: 'there was a rustling'.

Page 77.

5. meinen Verlobten: 'my future husband'.

10. um alles in ber Welt ꝛc.: 'good gracious', she cried, 'I never heard of such a thing'.

16. um Charlotte angehalten: 'sued for the hand of Ch.'?
18. das nicht: 'It wasn't that, Mrs. Böttiger'.
26. Sie wollen fort: 'you are not going'?
27. hinwegzukommen suchen: 'try to get over'.
30. gebe Dir: note the familiar Du; Franz had used Sie when he last addressed her.

Page 78.

5. eigentlich: 'at bottom'.
10. dortige Stubentenwohnung: 'his rooms there'. German students live in lodgings only. There is nothing in German Universities corresponding to the colleges at Oxford and Cambridge.
16. Vertrauten: 'confidant', from Vertrauter, der Vertraute. Note that adjectives used as nouns are still inflected as adjectives. Hence nom. pl. Vertraute or die Vertrauten.
16. sich aufgeschwungen ... zu: 'had worked his way from a subordinate position to that of' ... zu used as after verbs of making etc.
·19. Herr Baron: it is the rule in German to prefix Herr to all titles, even when addressing equals, e. g. Herr Doktor, Herr Oberst, Herr Musikbirektor, Herr General-Superintendent (cp. note, p. 45, l. 14.).
21. abnehmen: 'relieve of'.
24. Freiherrn: the German equivalent of the French form of the title, Baron, used above.
29. Man will: 'people allege that'; a not uncommon use of wollen.
31. nach Jena, an den Rektor: after to write, to write or send a letter, 'to' is translated by nach with names of places, an with names of persons. 'To' after verbs of motion referring to persons is zu. e. g. Ich gehe zu meinem Vater nach Paris. Rektor corresponds to the Vice Chancellor of English, and the Rector of Scotch universities.

Page 79.

7. zu Ihren gunsten: 'in your favour'. zu — gunsten is a kind of compound preposition; a noun would be in the genitive, e. g. zu Ihres Freundes gunsten.
10. bei der Festigkeit: 'considering, owing to, his firmness'.

12. fo fehr fich fonft 2c.: 'however much, otherwise, all have reason to rejoice in his kindness'.

19. machen Sie fich gefaßt auf: 'be prepared for storms'.

28. Es mußte einmal fo kommen: 'it was bound to come some day'.

Page 80.

1. in regungslofem Hinbrüten: 'sitting motionless,in a brown study'.

7. Ich nehme Extrapoft: 'I shall be off post-haste'.

22. Ich fchreibe: present for the future, as in the preceding note.

25. Ich nehme Dir das Verfprechen ab: 'I must make you promise this'. abnehmen lit. to take from; a different meaning p. 78, l. 21.

Page 81.

1. auftreten: 'appear on the stage'. überhaupt with a negative, as here, should be translated by 'at all'; when unconnected with a negative by 'altogether', 'generally'. e. g. überhaupt kein Menfch, no man at all, whatever; but, der Menfch überhaupt, 'man generally'.

8. Freilich muß ich mich dabei auf eigene Füße ftellen: 'it is true that in so doing I shall be altogether cast on my own resources'.

15. eine Weltrolle fpielen: 'play a leading part in the world'.

21. mochte fie nichts einwenden: 'she did not like to raise any objections'. Distinguish between möchte which is always present in sense = 'I should like', and ich mochte, which is past = 'I liked'.

26. Verhältniffen entgegengehe: 'will be engaged in business'.

27. Damit gab fich Charlotte vorerft zufrieden: 'with this explanation Ch. in the meantime felt satisfied'.

Page 82.

2. und wär's in Weimar: 'even if it were in W.'

7. Mufenftadt: 'city of the Muses', i. e. a literary centre.

14. überhaupt nicht: see note, p. 81, l. 1.

17. konnte nicht umhin: 'could not help'.

22. im Wefen jugendlich fonniger erblickte: 'saw more youthful brightness in her manner'.

31. wo Hartmann eigentlich geblieben sei: 'what had really become of H.'

Page 83.

2. die Größen Weimars: 'the great men of W.' viz. Goethe and Schiller.

5. erkundigte sich so von fernher bei solchen: 'made roundabout inquiries of such as' etc. von fernher lit. 'from a long way off', the force of so is. that the expression is an approximate one which the reader or hearer will understand, cp. note p. 66, l. 31.

7. Da denn: 'and so'. cp. note p. 41, l. 6.

8. davongegangen: 'had made off', 'run away'.

14. Nach Verlauf von wiederum einer Woche: 'after the lapse of a second week'.

19. Auf der letzten Seite erst: 'it was only on (not till) the last page that'.

21. Fürs erste ꝛc.: 'In the first place he was playing the part of a night-watcher by the sick-bed of an old uncle'.

23. Abresse: notice that this word is spelt with one d in German.

28. zur Sprache kam: 'was alluded to, discussed'.

29. könne sich nicht darein finden: 'could not be reconciled to, (grow accustomed to) parts ... being played'.

31. die Lücke, die seine Abwesenheit gerissen sc. hatte: 'the void which his absence had created'.

Page 84.

6. unter den Zudringenden stets die Wahl hatte: 'could always pick and choose from the crowd of applicants'.

19. Ich gelte für abgereist: 'I am supposed to have left'.

23. nachts: an adverbial genitive; the only fem. common noun which retains the original s of the genitive singular o' night, now-a-days.

26. Staatsdienst: 'government (civil) service': a Law-student in Germany enters the service of the state from the university by passing a qualifying (not competitive) examination, when he becomes a Referendar; he serves for four years without a salary till on passing his second examination he is promoted to be an Assessor.

29. d. Mittel auftreiben helfen: 'help me in raising the means'.

Page 85.

4. landschaftlicher Dekoration: 'scene-painting'.

6. wollte man nie erlebt haben: 'people said they had never seen' (on this use of wollte cp. p. 78, 1. 29.).

8. für ben 1. März: für may be used in the sense of 'for' with reference to future time, but auf is more common (cp. below auf ben 19. März). e. g. für immer or auf immer: for ever.

12. bie Schaubegierigen: 'eager spectators'.

15. wie in einer Völkerwanberung: 'as if it were a general migration'. Völkerwanberung is the name given in German history to the migration, in the 5th century, of Teutonic tribes, which ended in the downfall of the Roman empire through the con-quest of Britain by the Saxons and Angles (hence England), of Gaul by the Franks (hence France), of Spain by the Visigoths and Vandals (hence Andalusia) and of Italy by the Ostrogoths and Longobards (hence Lombardy).

16. mit (vor Erwartung pochenbem) Herzen: 'with a heart beating with expectation'. Note that an adjective (preceded by its complement) must be placed immediately before a noun in an oblique case, never after. This is only allowable in the nomina-tive; hence we may say either: fein vor Erwartung pochenbes Herz or fein Herz, vor Erwartung pochenb; but only feinem vor Erwartung pochenben Herzen.

20. Alpenibyll: 'Alpine idyll'.

23. auch als Person bes Stückes: 'even as a character of the play', not merely as an actor.

27. bebeutenber zur Geltung gebracht: 'would have given a more adequate interpretation'.

30. Charlottens: with regard to the declension of Proper Names it should be noted that 1) feminines as well as masculines take s in the genitive sing.: Marias, Elisabeths. 2) masc. ending in a sibilant (ß, z, tz, x, sch) and feminines in e take ens in the gen. and en in the dat. e. g. Max, Maxens, Maxen; Marie, Mariens, Marien. This inflexion is preferable to the use of the article without inflexion. 3) Foreign names in s, are not inflected, but take the article in the gen. (and sometimes in the dat. and acc.). Augustus, bes Augustus; Alcibiabes, bes Alcibiabes.

Page 86.

1. in vielen Familien (war) freundschaftliche Einquartierung: 'many of whom were quartered in families as friends'.

8. was ist an der Geschichte: 'what is there in the story'.

11. Der junge Mann soll ja: 'why, the young man is said to be'.

12. Der Herr Stubiosus: 'the undergraduate'. Stubiosus is used as a title instead of Stubent. A German student would be introduced as Herr Stubiosus Müller 2c. (see note, p. 78, l. 19.).

13. einen dummen Streich gemacht: 'has been playing a foolish prank'.

15. Wilhelm Meisters: see p. 56, l. 26.

15. Eigentlich ist es ja allerliebst: 'as a matter of fact it is really quite charming'.

16. Genialität: 'freak of genius' (= Geniestreich below).

22. auf sich gerichtet: 'bent on him'. sich is used in the dat. and acc. (for ihm, ihn, ihr, sie, es), if it refers to the subject of the same clause, e. g. Er nahm den Hund mit sich, der ihm folgte; here ihm is used because it refers to the subject of the principal clause, but not of the relative clause in which it is.

26. die Gewährsleute, von welchen sie die Geschichte gehört: 'her authorities for the story'.

28. von Studierenden: there are three names for Student (of a University only): der Studierende, Student, Stubiosus.

29. dem gegenüber: 'in the face of this'. On denn see note p. 41, l. 6.

Page 87.

1. Welche Komödie: instead of welche, was für eine might have been used: 'what a comedy'.

2. die Eulenspiegelei: 'this merry jest'; from Eulenspiegel, 'Owl-Glass', a book printed in 1519, relating the jokes and pranks played by a jester named Till Eulenspiegel, who died in 1350. It is the oldest book of popular humour in German and was the chief mine from which the dramatists of the 16th century derived the subjects of their comedies.

4. wird sich das ja ausgleichen lassen: 'that will no doubt admit of being put right again'.

8. Geniestreich = Genialität, p. 86, l. 16.

14. herauszurücken: 'to come out with'.

Page 88.

1. an einem schwer zu tragen: 'to take one thing to heart'; einem is emphatic.

13. das kleine Leben des schönen Scheins: 'the little world of fair-seeming semblance'.

21. über das ... kam sie nicht hinaus: 'she could not get over the'.

23. ihr Kämmerlein: 'her little chamber'. Kammer in German regularly means a bedroom, Stube a sitting-room. Zimmer, may be either, according to the word by which it is qualified: Schlafzimmer, Wohnzimmer, Eßzimmer ꝛc.

27. der Gedanke, vielleicht nur zu sein: 'the thought of perhaps only being'.

Page 89.

1. Wenn er sie immer liebte: 'even though he loved her'. Immer gives a concessive meaning to wenn, and an indefinite meaning (= ever) to relatives: wer immer: whoever, wie immer: however.

2. in die Verbindung mit ihr einwilligen: 'to consent to his alliance with her'.

5. stand sie als eine Bürgerliche dem freiherrlichen Standesbewußtsein ungleich gegenüber: 'as belonging to the bourgeoisie she was on a footing inferior to the consciousness of baronial rank'.

11. gar noch: 'moreover'.

14. dem etwaigen Widerspruch: 'the possible veto'.

17. Aber gerade damit ging es ihr eigen: 'but on this very point her feelings took a peculiar turn'.

21. Gedankennetz: 'web of thought'.

25. einen andern als Rudenz: 'some one else as (in the part of) Rudenz'. einen andern, als R. would mean: 'some one other than R.'.

27. so viel aufs Spiel gesetzt: 'had risked so much'; auf das Spiel setzen is a metaphor taken from gambling: 'to stake on the game', cp. in die Schanze schlagen, to hazard (Schanze = chance).

29. freilich auch andere angesteckt hatte: 'he had, it is true, infected others as well'.

Page 90.

1. ber Freunb: 'her lover'.

7. zur letzten Ruhe bestattet: 'conveyed to his last resting place'.

24. in ... ausgeputzten Prinzenrollen: 'got up in all the finery of so many stage-princes historical and unhistorical'.

25. einem simplen Landjunker noch gut bleiben: 'still continue to like a simple country squire'?

Page 91.

12. er führe, wohin er will: 'let it lead whither it may'!

13. im August: note that the article is always used with the names of days and of months.

14. in bem Babeorte Lauchstäbt: 'in the watering-place of L.'

23. bie Anlagen: 'the public grounds' (from anlegen, to lay out).

30. faßten sie sich ein Herz: 'they took heart'.

Page 92.

7. Unser Durchgänger: 'our runaway! Fine tricks he played on us'. The word Posse contains a playful reference to the stage, as it means 'farce' also.

8. Unb bie junge Baronin 2c.: 'and the young Baroness throws in her lot with this young gallant'. Übermut = übermütiger Mensch, wanton fellow: a not uncommon use of the abstract instead of the concrete term. On Frau Baronin see note, p. 45, l. 14.

14. nach bem Rechten gesehen habe: 'he had just looked in at the rehearsal to see that all was right'.

19. wie sich's gehört: 'as is fitting', 'in the proper way'!

25. Goethe könnte ber Äußerung eine weiter gehende Bebeutung geben: 'G. might attach a wider significance to her words' (than she had intended).

28. Ei, sieh: 'Oh ho'!

Page 93.

12. Auf Wiedersehen heute abend im Wilhelm Tell: 'Au revoir this evening at Wilhelm Tell'!